MARK BRANDIS

Ambivalente Zone

SF-Roman

Umschlag: Reinhild v. Michalewsky. Foto: dpa
© Alle Rechte beim Autor
Herstellung: libri bod
ISBN 3-8311-0102-7

Gewidmet

der Ruth O'Hara, die das Mark meines Lebens ist:
meiner Frau.

Kosmonen-Saga

1.

Ambivalente Zone

Nach einer galaktischen Katastrophe verläßt Mark Brandis die Sicherheit des Kunstplaneten Cosmopol und begibt sich auf die Suche nach der verschollenen Erde. Aus der Zeitlosigkeit stößt er vor in Zeit und Vergänglichkeit. In einem Duell auf Leben und Tod mit der mörderischen Sekte der Malusiten entdeckt er der Vergänglichkeit schönste Blüte: den Zauber der Erotik und die Liebe.

1.

Eines Tages hielt ich es nicht mehr aus. Die gleichförmige Leere vor dem Fenster machte mich krank.

Wann genau das geschah, kann ich nicht sagen. Niemand weiß es - denn auf Cosmopol gab es nicht, was überall sonst den Maßstab setzt. Es gab keine Zeit. Lediglich ein Paar Uhren mit unbeweglichen Zeigern ließen ahnen, daß es nicht immer so gewesen war. Ein weiterer Zeuge für den stattgefundenen Umbruch war die Sprache. Mit altertümlichem Starrsinn staffelte sie die Abläufe in klar voneinander getrennten Ebenen - eine Unlogik, an die man sich längst gewöhnt hatte.

Wie gesagt, es war unter anderem die Leere vor dem Fenster, was mich davontrieb. Mehr und mehr drohte sie zum Spiegel meiner selbst zu werden. Gegen Cosmopol selbst ließ sich im Prinzip nichts vorbringen. Cosmopol war eine perfekte abgeschlossene Welt irgendwo in der großen Leere, das technische Meisterwerk vergessener Erbauer - eine Welt, in der es an nichts fehlte.

Nur, daß Cosmopol nie ganz zu dem geworden war, was es ursprünglich hätte sein sollen, nämlich der Brutkasten einer   Population idealer Raumfahrer. Mit dem Kosmonen aus der Retorte sollte zugleich die uralte biologische Zweiteilung der Menschheit aus Gründen der Zweckmäßigkeit überflüssig gemacht werden. An die Stelle von Zeugung und Geburt trat das Labor. Verfehlungen, die es gelegentlich gegeben hatte, war mit drakonischen Strafen begegnet worden, und fortan wurde der Ernährung etwas beigemischt, was alles sexuelle Verlangen unterband. Man nannte es Neutralin.

Aber noch bevor das ehrgeizige Projekt seinen erfolgreichen Abschluß hatte finden können, erschütterte eine Katastrophe die Milchstraße. Cosmopol wurde hinauskatapultiert in die große Leere der Zeitlosigkeit; alle Verbindungen zum Mutterplaneten Erde rissen ab. Allmählich verblassten sogar die Erinnerungen. An ihre Stelle traten Sagen und Legenden.

Geblieben war das Ärgernis der Zweiteilung, für die es keine konkrete Aufgabe mehr gab. An seiner Beseitigung wurde nach wie vor gearbeitet, und irgendwann, daran zweifelte ich nicht, würde der ausgereifte geschlechtslose Kosmone aus der Retorte steigen. Bis dahin unterschieden Wissenschaft als auch Amtssprache zwischen dem muskulösen M-Typ und dem etwas kleineren, rundlicheren W-Typ. Und nur in der Alltagssprache gab es den Mann und die Frau.

Nein, ich verstand mich selbst nicht. Eigentlich hätte ich mit meinem Los zufrieden sein müssen. Und trotzdem rebellierte ich innerlich gegen den einlullenden Zustand ohne Zeit und Geschichte, gegen ein Leben, in dem nichts geschah und das keine Aufgaben stellte. Immer wieder waren es dieselben Gesichter, in die ich sah, vertraute Gesichter ohne eine Spur von Wandlung. Und immer wieder wußte ich: das würde sich nie ändern. Nicht morgen, nicht in einer Woche, nicht in einem Jahr, nicht in Tausenden von Jahren. Nie.

Selten nur kam es vor, daß ein neues Gesicht nachrücken durfte. Denn obwohl Tod ebenso wie Zeit zu den dunklen Legenden gehörten, die nicht auszurotten waren, kam es doch vor, daß eines der Schiffe samt Besatzung aus dem gähnenden Schlund des Nichts nicht mehr herausfand. Für die Poluplation war das kein dauerhafter Verlust. In den Labors war genug Genmaterial gespeichert, um im Handumdrehen Kopfzahl und Norm wiederherzustellen.

Auch ich war auf diese Weise plötzlich dagewesen.

Ich weiß: Ich trat hinaus in das Licht und hinter mir schloß sich die kosmische Sperre und löschte das Erinnern aus an das, was vor diesem Schritt gewesen sein mochte.

Ich war ein Kosmone, austauschbar, belegt mit einem Namen aus der Lostrommel, aber fertig: angereichert mit dem Wissen und den Kenntnissen eines SCOUT-Kommandanten.

Seitdem zählte ich zum fliegenden Personal. Tag für Tag stieg ich in das Cockpit meiner SCOUT, um den leeren Raum um unsere Kunstwelt nach Veränderungen abzusuchen, und Tag für Tag kehrte ich mit der gleichen stereotypen Auskunft zurück: Nichts.

Aber es gab auch die Träume mit ihren unerklärlichen märchenhaften Bildern und der unendlichen Sehnsucht, die sie hinterließen.

Und so trug ich schließlich meinen Vorsatz, Cosmopol zu verlassen, dem Großmeister vor. Anfangs ließ er mich reden, aber irgendwann gebot er mir mit einer Handbewegung Schweigen.

„Brandis", sagte er, „gehen wir an Ihren Fall doch mal realistisch 'ran! Angenommen, Sie bekämen die SCOUT, um die Sie mich gebeten haben, was würde dann das Ziel Ihrer Reise sein?"

Über das Wohin hatte ich bislang nicht nachgedacht. Mit einer einzigen Frage hatte mich der Großmeister in die Enge getrieben. Ich sann über eine angemessene Antwort nach, und mein Blick ruhte auf der Vitrine mit den gehüteten Reliquien einer verschollenen Vergangenheit.

Da gab es die fotografische Abbildung einer fremdartigen Welt von unbeschreiblicher Schönheit. Über der Landschaft lag ein intensives Licht, das hier und da starke Schatten warf.

Weiter gab es in der Vitrine ein dickes Buch mit ausgefransten Seiten, das man die Bibel nannte. Gelegentlich wurde daraus vorgelesen. Besonders die Schöpfungsgeschichte hatte auf mich Eindruck gemacht.

Und es gab eine zwiebelförmige Uhr mit goldener Kette. Auch ihre Zeiger waren von ewiger Totenstarre befallen.

Alles das waren stumme Zeugen einer Herkunft von dem verlorenen Mutterplaneten.

Meine Gedanken arbeiteten. Der Großmeister spürte das. Er sagte: „Vielleicht fällt Ihnen die Antwort leichter, wenn ich Sie frage: Was fehlt Ihnen auf Cosmopol?"

„Eigentlich", antwortete ich ehrlich, „weiß ich das selbst nicht so recht. Eigentlich habe ich hier alles, was man so braucht. Eigentlich gibt es für mich keinen Grund, mich zu beklagen. Und - "

Der Großmeister war ein weiser Mann. Denn wieder unterbrach er mich:

„Jede Ihrer Beteuerungen wurde eingeleitet mit dem Wörtchen 'Eigentlich'. Liegt da nicht irgendwo der Schlüssel zu Ihrer Unzufriedenheit?"

Wieder einmal hatte er den Nagel auf den Kopf getroffen.

„Eigentlich", erwiderte ich, „finde ich in all dem keinen Sinn."

Der Großmeister ließ mich einen Seufzer hören.

„Brandis", sagte er dann, „man kann nicht alles haben. Als es Cosmopol hierher verschlagen hat - niemand weiß wann und warum, denn die Erinnerung ist ausgelöscht - als das geschah, hat man das sicher für ein entsetzliches Unheil gehalten. Doch irgendwann kam man dahinter, daß es in diesem Teil des Universums, in dem wir uns heute befinden, die mörderische Zeit nicht gibt, die anderswo alles altern läßt und zerstört, und da erkannte man im Unglück das unverhoffte Glück. Wir sind zu Kosmonen geworden, und Kosmonen sind unvergänglich. Nur fremde Gewalt kann sie vernichten." Der Großmeister behielt mich fest im Auge, als er hinzufügte:

„Einen anderen Sinn vermag ich Ihnen nicht zu nennen."

Die Worte, die der Großmeister für meine Zweifel fand, waren gut. Sie waren warmherzig und wohlabgewogen, und vielleicht hätte ich mich von ihnen noch einmal überzeugen lassen, wäre da nicht über unseren Häuptern die kristallene Kuppel gewesen. Und auf dieser lastete das Nichts der leeren Unendlichkeit und machte mich krank.

Ich überlegte wohl zu lange, denn in den nächsten Worten des Großmeisters lag ein Hauch von Ungeduld.

„Also, Brandis - was würde Ihr Ziel sein? Konkret! Mit Wegfliegen allein ist es ja nicht getan. Also?"

Und nun, plötzlich, lag es vor mir, das Ziel - eine leuchtende Vision.

„Seit je her", sagte ich, „höre ich immer die gleiche Litanei. Wir müßten uns aufraffen und eine Expedition losschicken, um den verlorenen Mutterplaneten zu suchen. Aber Tatsache ist doch: eine solche Expedition ist nie aufgebrochen, und sie wird nie aufbrechen. Und wir werden auch weiterhin von der Erde, der wir unsere Herkunft verdanken, lediglich träumen."

Meine Rede, mit einer gewissen Unsicherheit begonnen, gewann an Festigkeit.

„Einer muß es tun. Einer muß aufbrechen. Ich."

Um kein Mißverständnis aufkommen zu lassen, nannte ich den Beweggrund:

„Dann bekommt alles für mich einen Sinn."

Die schlanke Hand des Großmeisters hob sich plötzlich dem Nichts über unseren Häuptern entgegen, der schrecklichen Leere ohne Maß und Ende.

„Sehen Sie das, Brandis? Darüber gibt es keine Aufzeichnungen, keine Karten, geschweige denn ein Computerprogramm. Völlig auf sich allein gestellt, würden Sie darin nach der Nadel im Heuhaufen suchen - mit verbundenen Augen."

Bevor er fortfuhr, ließ er die Warnung wirken.

„Und was, wenn es diese Nadel überhaupt nicht mehr gibt? Was, wenn die Erde in der kosmischen Katastrophe, die Cosmopol hierher verschlagen hat, untergegangen ist? Was dann?"

In einem solchen Fall würde ich als Irrläufer enden: ein heimatloses Objekt, verdammt zu ewiger Einsamkeit. Mich schauderte.

Die Hand kehrte aus dem Nichts zurück und legte sich auf meine Schulter.

„Brandis, überlegen Sie!"

Hätte er mich besser verstanden, wenn ich ihm erzählt hätte, wie lange ich schon mit dieser Überlegung lebte? Aber nun wollte ich die Entscheidung, bevor er mich ins Wanken brachte. Und so sagte ich nur:

„Mein Entschluß steht fest. Alles, was ich von Ihnen erbitte, ist eine SCOUT und Ihre Erlaubnis."

Ungewohnte Wärme zeigte sich plötzlich in den auf mich gerichteten ernsten Augen.

„Also gut, Brandis", entschied der Großmeister, „die SCOUT sollen Sie haben. Und meine Erlaubnis auch. Sie haben ja so unrecht nicht, wenn Sie sagen: Einer muß schließlich den Anfang machen und aufbrechen. Aber, um Himmels willen, suchen Sie sich einen tüchtigen Co-Piloten."

Das war sein letztes Wort. Und ich wußte es zu schätzen. Ich gab meine Annonce ins Netz, ohne die Katze gleich aus dem Sack zu lassen:

Zuverlässiger Co
für längere Expedition gesucht.

Auf den ersten Bewerber brauchte ich nicht lange zu warten. Und, der Himmel weiß, ich hätte ihn liebend gern genommen, denn es war kein anderer als Boris Bojan, einer von den Besten.

Bojan war Vollpilot wie ich, und manchmal schien er mir von der gleichen Krankheit befallen zu sein wie ich.

„Mark", brüllte er, wobei er meine Hand fast zerquetschte, „ist das wahr? Es gibt Abwechslung?"

„Wenn du dir nicht zu schade bist, unter mir die zweite Geige zu spielen", machte ich ihm die Bedingung klar. „Nur dann."

Bojan grinste.

„Ehrlich, Mark, unter dir würde ich sogar auf dem Kamm blasen - nur um aus diesem Mief mal für 'ne Weile rauszukommen. Und nun pack aus: Wohin soll der Ausflug gehen?"

15

Nun war es an mir, zu grinsen.

„Wie würde dir das zur Abwechslung mal gefallen, Boris - nach der Nadel im Heuhaufen zu suchen?"

Er blieb Feuer und Flamme.

„Immer noch besser, als hier zu versauern und auf die Erlösung durch den Weltuntergang zu warten." In seinen Augen las ich, wie seine Spannung wuchs. „Aber nun mal Klartext, Mark! Was hat es auf sich mit dieser Nadel im Heuhaufen?"

Ich sagte es ihm - nackt und unverblümt.

„Boris, ich habe mir zur Aufgabe gemacht, die Erde zu finden."

Sein Strahlen gefror zur Grimasse.

„Was?"

„Ich habe mir zur Aufgabe gemacht, die Erde zu finden", wiederholte ich geduldig.

Das Licht in seinen Augen wurde eisig.

„Mark, du spinnst!"

Seine Reaktion war mehr als verständlich. Sie war nichts, was ich ihm hätte verübeln dürfen. Boris Bojan war ein As im Cockpit, und, wie gesagt, ich hätte ihn nur zu gern an meiner Seite gewußt, aber selbst für ihn, der sonst zu jeder Tollkühnheit bereit war, ging mein Vorhaben zu weit. Seine nächsten Worte waren nur noch ein Versuch, Gesicht zu wahren.

„Mark, du weißt selbst, daß das unmöglich ist. Und bei aller Langeweile, unter der ich zu leiden habe, geht es mir hier nicht so übel, als daß ich Lust verspürte, als Irrläufer zu enden. Stell dir vor - eine Ewigkeit unterwegs im Nichts, und nicht mal ein paar Comics an Bord!" Bojan schüttelte den Kopf. „Mark, laß dir einen besseren Witz einfallen, oder such dir einen anderen!"

Das war Boris Bojan. Wenn es nur darum gegangen wäre, den Teufel am Schwanz aus der Hölle zu ziehen - Boris Bojan hätte nicht gezögert. Doch wenn er zu einer Sache nein sagte, hatte das Hand und Fuß.

Der nächste, der bei mir vorsprach, war Jean Gordon. Auch er zählte zur Elite. Auf mehr als einem Kontrollflug war er mein Partner gewesen: Co-Pilot mit Leib und Seele. Zuverlässig, gewissenhaft, technisch bewandert. Und immer völlig zufrieden damit, die zweite Geige zu spielen. Er wußte schon Bescheid. Boris Bojan hatte ihn vorgewarnt.

„Du willst es also ernsthaft riskieren?"

„Will ich."

„Aber doch wohl nicht einfach so? Ich meine, nicht ganz ohne einen Anhaltspunkt. Du mußt doch was in der Hand haben, Mark. Eine Berechnung. Eine Peilung. Etwas in der Art. Sag es mir, und du kannst auf mich zählen."

Ich wies ihm meine leeren Handflächen vor.

Danach schwieg er eine gute Weile, bevor er hervorbrachte:

„Tut mir leid, Mark. Unter diesen Umständen ziehe ich meine Zusage natürlich zurück. Tut mir aufrichtig leid. Aber so ganz ohne was?"

Er blickte unglücklich. „Du weißt selbst, daß du sonst immer auf mich zählen kannst."

Jean Gordon druckste noch eine Weile herum, und ich begriff endlich, daß es an mir lag, ihm eine goldene Brücke für einen ehrenvollen Rückzug zu bauen. Ich schob ihn zur Tür.

„Du brauchst dich nicht zu schämen, Jean. An deiner Stelle hätte ich mich auch für verrückt erklärt. Ist schon gut, alter Junge. Und danke, daß du wenigstens gekommen bist."

Ich war damit beschäftigt, meine Reisetasche zu packen, denn obwohl ich im Begriff stand, einen vollständig ausgerüsteten Raumkreuzer zu übernehmen, gab es doch noch immer einigen persönlichen Krimskrams, auf den ich nicht verzichten mochte. Um ein Haar hätte ich das Anklopfen überhört. Und dann war, was mich aufmerksam werden ließ, mehr noch als das Anklopfen der Duft, der durch die Türritzen quoll. In meinen Träumen war so der Duft der Erde gewesen. Die Verheißung einatmend, sagte ich:

„Kommen Sie schon 'rein!"

Und der Duft der Erde kam herein, als W-Typ nicht eben klein, aber sonst ausgestaltet mit allen Rundungen einer Frau. Mit diesem Schicksal schien sie durchaus im Einklang zu leben. Sowohl der direkte Blick aus seegrünen Augen ließ mich das spüren, als auch die ungezierte Art, mit der sie sich eine vorwitzige Strähne ihres kupferfarbenen Haares aus der Stirn wischte. Sie war ein W-Typ mit ausgeprägtem Selbstbewußtsein.

Schon einmal war mir ihre selbstbewußte Haltung aufgefallen, am Tag der Namensgebung. Ich hatte zu den geladenen Zeugen gehört, als der Großmeister in die rotierende Lostrommel griff und den solcherart ermittelten Namen mit lauter Stimme verkündete:

„Ruth O'Hara."

Es folgte die vorgeschriebene Frage:

„Nehmen Sie diesen Namen an?"

Die meisten W-Typen pflegten bei der Gelegenheit zu kichern oder mit hochrotem Kopf eine kaum verständliche Antwort zu stammeln - sie jedoch antwortete klar und deutlich:

„Ich nehme den Namen an."

Ein W-Typ mit Selbstbewußtsein - innerlich ging ich auf Abstand.

Und auch von einer anderen Erinnerung ließ ich mich leiten, von der Erinnerung an den Vargo-Scott-Prozess. Man hatte die beiden, M-Typ und W-Typ, bei einer gesetzwidrigen intimen Handlung überrascht: beide in unbekleidetem Zustand. Die Anklage lautete auf Sabotage der wissenschaftlichen Ordnung, das Urteil auf lebenslange Verbannung.

So war das Gesetz, so waren die Regeln. Ich hielt mich daran und schluckte gehorsam meine tägliche Ration Neutralin.

„Sie sind noch immer auf der Suche nach einem zuverlässigen Co-Piloten, Brandis." Die Stimme hatte an Selbstbewußtsein nichts eingebüßt. „Nun, er steht vor Ihnen."

Ruth O'Hara zählte zu den Gesichtern, die erst kürzlich von der Retorte nachgeschoben worden waren, als Ersatz für einen Irrläufer. Weshalb man den Ersatz wieder als W-Typ konzipiert hatte, entzog sich meiner Beurteilung, und die Retorten-Heiligen ließen sich nicht in die Karten gucken.

Ohne Umschweife machte ich dieser Ruth O'Hara klar, daß ich sie nicht wollte.

„Ich werde darauf zurückkommen, sobald ich einen Ausflug mit Picknick plane. Aber diesmal...."

So leicht war sie nicht loszuwerden.

„Hören Sie", beharrte sie, „ich werde Ihnen nicht zur Last fallen - falls es das ist, was Sie befürchten. Was ich anzubieten habe, ist Assistenz im Cockpit und gelegentlich ein Wort gegen die Einsamkeit."

Sie mochte es so sehen, ich sah das anders.

„Wie schon gesagt ... Sobald ich einen Ausflug mit Picknick plane ..."

Doch so rasch war ihre Hartnäckigkeit nicht zu erschüttern.

„Brandis", bedrängte sie mich, „diese Reise ist wichtig für meine Forschung. Sie bietet mir eine Chance, die vielleicht nie wiederkehrt. Ich muß dabei sein." Ihre Augen beschworen mich. „Bitte, stellen Sie mich ein. Bitte!"

Ich mußte deutlicher werden.

„Beschweren Sie sich bei den Heinis im Labor, daß man Sie nicht als M-Typ in die Welt entlassen hat. Ich habe für Sie keine Verwendung."

Sie behielt das letzte Wort.

„Warten wir's ab!" sagte sie und ließ mich stehen.

*

In den folgenden Tagen hatte ich alle Hände voll damit zu tun, um meine SCOUT zu überprüfen und reiseklar zu machen. Ab und zu besuchte mich der Stationsmeister. Die grauen Haare hatte er schon gehabt, als die Zeitlosigkeit seinen Alterungsprozeß gestoppt hatte. Wo es erforderlich war, faßte er mit an. Kopfschüttelnd betrachtete er im Cockpit den zweiten Sitz, den ich abgedeckt gelassen hatte.

„Brandis, so ganz ohne Co handeln Sie sich ein verflixtes Stück Einsamkeit ein!"

Nun, die Suppe hatte ich mir selbst eingebrockt. Ich war entschlossen, sie auch auszulöffeln.

„Immer noch besser als ein W-Typ, der sich bei jedem Schreck in die Hosen macht."

Der Graukopf seufzte.

„Ich wollte, Sie nähmen Vernunft an, mein Junge. Ruth O'Hara ist nicht von dieser Sorte. Als Wissenschaftlerin gilt sie schon heute als Koryphäe. Ich fürchte, Brandis, Sie machen da einen großen Fehler."

Ich winkte ab.

„Kann schon sein", antwortete ich leichthin. Und dabei blieb es.

*

In der Nacht vor dem Start stand ich lange vor dem Fenster und hielt auf meine Weise Zwiesprache mit dem dahinter gähnenden Nichts. Wo begann diese entsetzliche Leere, und wo endete sie? Und was gab es außer ihr?

Zumindest gab es in ihr auch noch Astropol, und das war praktisch unser Zwilling - in Dienst gestellt mit gleicher Aufgabe, wenn auch unter leicht abweichenden Bedingungen. Einmal nur nach dem großen Crash war es gelungen, mit Astropol Kontakt aufzunehmen, aber der Verbrauch an Energie war dabei so gewaltig gewesen, daß die Fortsetzung des Dialoges hatte unterbleiben müssen.

Immerhin, auf dem langen Weg, der vor mir lag, mochte Astropol ein freundlicher Hafen sein. Falls ich ihn fand. Und mit etwas Glück mochte ich dort auch das stoßen, was mir fehlte: auf genaue Karten und Computerprogramme. Und vor allem - auf das Wichtigste, auf Gewißheit.

Vielleicht würde ich erfahren müssen, daß ich einem Phantom nachjagte, weil es die Erde längst nicht mehr gab.

Doch wer garantierte, daß Astropol noch existierte? Und wie sollte ich den Weg dorthin finden - in der großen Leere, mit leeren Händen? Was passierte, wenn ich daran vorbeiflog... immer weiter... immer weiter ... immer tiefer hinein in die Unendlichkeit?

Ein Irrläufer.

Verdammt in alle Ewigkeit. Allein auf einem ziehenden Schiff, auf dem nie Mangel herrschen würde, denn alles zum Leben Notwendige war eingebunden in einen ewigen Kreislauf. Nichts ging verloren.

Ich kannte das Risiko, und doch war ich am anderen Morgen pünktlich zur Stelle. Etwas in mir war stärker als alle Furcht: diese geheime Sehnsucht, für die ich keinen Namen fand.

*

Der Großmeister selbst kam an den Start, um mir, bevor sich hinter mir der Lukendeckel schloß, noch einmal die Hand zu drücken.

„Noch können Sie aufstecken, Brandis. Und jeder hier hätte Verständnis dafür."

Ich schüttelte den Kopf.

„Es muß sein."

Seine klugen Augen blieben lang auf nicht gerichtet - mit einem Ausdruck, den ich nicht zu deuten wußte.

„Ich verstehe", sagte er schließlich. „Also dann, Brandis - Gott befohlen!"

Er hatte mir ein Geschenk mitgebracht: die zwiebelförmige Uhr aus seiner Vitrine. Der Himmel allein mochte wissen, wie schwer es ihm fiel, sich davon zu trennen.

„Ein kleines Hilfsmittel", brachte er hervor. „Hängen Sie sie im Cockpit auf und behalten Sie sie im Auge! Sobald die Zeiger anfangen, sich zu bewegen, können Sie davon ausgehen, daß Sie auf dem richtigen Kurs sind."

Und nachdem sich der Großmeister ganz mächtig geräuspert hatte, gab er mir einen letzten Rat mit auf den Weg.

„Aber vergessen Sie nie: Die Zeit, das ist der Feind. Je weniger Sie mit ihr zu tun haben, desto besser. Also: Hinfliegen, ansehen und kehrtmachen! Klar?"

Seltsam, daß ich darüber nicht nachgedacht hatte: daß ich drauf und dran war, meine gemütliche zeitlose Dauerexistenz einzutauschen gegen die Abnutzung durch die Zeit. Andererseits, wie hätte ich darüber nachdenken können, solange ich mir das verlorene Element Zeit ebenso wenig vorstellen konnte wie die Erde?

Und so stieg ich ein, schnallte mich an und aktivierte den Starter.

Und dann - ein leichter Fingerdruck auf den roten Knopf...

Und ich war unterwegs.

Irgendwann warf ich den Gurt ab und blickte zurück.

In einem Raum ohne Gestalt und Gesicht war Cosmopol nur noch ein winziger Punkt. Zwei, drei Atemzüge lang schien mir der Punkt eine letzte Botschaft zuflimmern zu wollen, und ich hob die Hand und winkte ihm meinen Gruß zu.

Und dann war da nichts mehr.

Nichts.

Ich kehrte zum Pult zurück und überprüfte die Anzeigen. Alles funktionierte einwandfrei. Wenn ich wollte, könnte ich sogar umkehren. Der Pomnik, das künstliche Gedächtnis, würde mich führen.

Noch...

Auch dem Pomnik waren Grenzen gesetzt.

Und dann?

Ich zog die Uhr des Großmeisters aus der Tasche und hängte sie an ihrer schönen langen goldenen Kette über dem Pult auf.

In der strengen Nüchternheit des Cockpits bildete sie fortan einen bunten Farbklecks, eine Erholungslandschaft für die gelangweilten Augen.

Die Zeiger dachten nicht daran, sich zu rühren.

Und dann, noch einmal, ein letztes Mal, erreichte mich die Stimme der Zivilisation, die Stimme von Cosmopol.

„Brandis, brechen Sie ab und kommen Sie unverzüglich zurück!"

„Begründen Sie das!" sagte ich.

Der Stationsmeister druckste eine Weile herum und platzte dann heraus:

„Das Bodenpersonal hat geschlampt. Das für Sie bestimmte Neutralin steht noch im Hangar."

Nur schade, daß der Graukopf meine gelangweilte Handbewegung nicht sah.

„Was zum Teufel soll ich hier damit? Verteilen Sie es an die Bedürftigen!"

*

2

Wo ich flog, gab es weder Tag noch Nacht.

Es gab kein Licht.

Es gab keine Dunkelheit.

Es gab keine Temperatur.

Es gab nichts.

Und das Nichts läßt sich nicht beschreiben.

Wo ich flog, schien die Schöpfung noch nicht stattgefunden zu haben - jene Schöpfung, von der die Bibel spricht. Und selbst wenn man die kosmische Entstehungsgeschichte so begreift, wie das die Wissenschaftler tun, war ich ihr gewissermaßen zuvorgekommen. Meine SCOUT zog ihre einsame Bahn durch ein Universum, das es praktisch noch gar nicht gab - eine Erkenntnis, die mich ebenso mit einem ungeahnten Glücksgefühl erfüllte als auch mit panischer Angst.

Immer dann, wenn mir die Panik den kalten Schweiß auf die Stirn trieb, hätte ich am liebsten klein beigegeben und wäre heimgekehrt in den Stumpfsinn der heimatlichen Ordnung. Einmal unternahm ich sogar den Versuch und gab dem Pomnik Befehl, mich zurückzulotsen, doch der Monitor sah mich aus leeren Augen verständnislos an.

Ich verlor die Nerven und schrie den Pomnik an. Ich bearbeitete ihn mit den Fäusten. Ich flehte und bettelte. Nichts half.

Die unsichtbare Brücke über dem Abgrund, die mich mit Cosmopol verbunden hatte, war endlich eingestürzt. Ich konnte nicht mehr zurück.

Ich hörte mit der sinnlosen Toberei auf und fand mich damit ab, daß mir keine andere Wahl geblieben war als wie bisher weiterzufliegen, auf ungewissem Kurs, und auf ein Wunder zu warten.

Nicht umsonst hatte der Graukopf mir Gesellschaft angeraten. Allmählich bekam ich die Einsamkeit zu spüren. Zur Einsamkeit gesellte sich die Langeweile. Die SCOUT brauchte mich nicht. Solange das ersehnte Wunder nicht geschah, gab es für mich am Pult nichts zu tun. Ich konnte im Cockpit auf und ab wandern, ich konnte zur Zerstreuung Musik hören, und ich konnte, wenn mir danach war, die Koje aufsuchen und im Schlaf Vergessen finden.

Das Eis meiner Selbstbeherrschung wurde brüchig. Es kam vor, daß ich aus der Koje wie ein Wahnsinniger ins Cockpit stürzte, um dort die Stirn gegen das Panzerglas zu drücken und das Nichts mit meinen Blicken zu durchbohren. Wenn ich mich danach wieder in die Koje zurückzog, war es mit Schlaf und Vergessen gründlich vorbei. Dann wälzte ich mich auf der schweißnassen Matratze hin und her und kämpfte mit den Wachträumen, die mich heimsuchten - oder, falls ich dann doch wieder einschlief, mit den Nachtmahren.

So war es auch, als ich plötzlich den Duft der Erde verspürte und ganz ruhig wurde. Aus dem Abgrund einer vergessenen Erinnerung stiegen Bilder - Bilder von etwas, das ich noch nie gesehen hatte. Und ohne wachzuwerden, wußte ich, daß ich mit geschlossenen Augen glückselig lächelte. Der verlorene Sohn kehrte heim...

Als ich niesen mußte, wurde ich wach.

Ich setzte mich auf. Der Duft blieb.

Ich steckte den Kopf unter die Wasserleitung. Der Duft blieb.

Ich ging ins Cockpit, und der Duft war auch dort: schwer, herb und geheimnisvoll.

Ich schloß die Augen und atmete ihn ein, in tiefen, hungrigen Zügen. Es war nicht zu fassen. Eben noch hatte ich die große Leere verflucht, in der sich meine getreue und unermüdliche SCOUT mehr und mehr verlor, ohne auch nur die Andeutung einer Spur zu hinterlassen, - und nun, urplötzlich, fühlte ich mich vor die Tore des Paradieses geführt. Es mußte die Erde sein, die mir diesen sinnbetörenden Willkommensgruß bot. Es konnte nur die Erde sein, der verlorene Planet unserer Herkunft, die Wiege des Lebens.

Und um meiner Sache ganz sicher zu sein, machte ich die Augen wieder auf und warf einen verklärten Blick auf das Abschiedsgeschenk des Großmeisters. Still und feierlich hing die Uhr an der goldenen Kette über dem Pult mit der Aufgabe, mir den Kurs zu weisen in die Zeit und mich zugleich vor dieser und ihrer schädlichen, ja zerstörerischen Wirkung zu warnen.

Keine Veränderung.

Die Zeiger hatten sich nicht gerührt.

Schlagartig war ich ernüchtert.

Etwas stimmte nicht. Ich lehnte mich gegen die Verschalung der Wand und dachte nach. Es roch nach Erde, und dieser Duft war mir schon einmal begegnet. Ich kannte ihn.

Ein leiser Hauch umspielte meine Stirn. Ich sah hoch. Direkt über mir befand sich ein Lüftungsschlitz.

Und plötzlich fiel bei mir der Groschen. Ich rannte los.

Sie hatte sich in der Klimakammer häuslich eingerichtet und war alles andere als überrascht, als ich wutschnaubend hereingestürmt kam wie der Stier in die Arena. Das Lächeln, mit dem Ruth O'Hara mich empfing, war durchaus ein erfreutes.

„Ich habe mich schon gefragt, Brandis, wann Sie es endlich herausfinden. Und als mir das Warten zu langweilig wurde, habe ich ein wenig nachgeholfen. So ..." Sie ließ mich einen Blick tun auf den kleinen Parfümzerstäuber in ihrer Hand. „Und es hat funktioniert wie der Speck, mit dem man Mäuse fängt. Offen gesagt, ich finde es auf die Dauer nicht eben gemütlich zwischen all diesen Leitungen und Rohren. Und, vor allem, ich war hier doch sehr allein."

Ob so viel Kaltschnäuzigkeit muß es mir wohl die Sprache verschlagen haben, denn ich ließ sie reden. Doch dann entlud sich meine Wut.

„Sie bleiben hier! Im Cockpit will ich Sie nicht sehen. Sie bleiben hier - vielleicht gelingt es mir dann, Sie zu vergessen. Und bei erstbester Gelegenheit verlassen Sie mein Schiff."

Auf sie machte das keinen Eindruck, und das brachte mich noch mehr in Rage.

„Wie?" Spott glitzerte in ihren grünen Augen. Ihre schlanke Hand wies auf das Nichts vor dem Fenster. „Und vor allem - wo?"

Ich kaute an der bitteren Erkenntnis. Diese nichtsnutzige W-Kreatur hatte es doch tatsächlich geschafft, ihren Willen durchzusetzen. Sie befand sich an Bord, um mit mir entweder zur Erde zu reisen oder in den dunklen Schlund der Ewigkeit. Und ich konnte wüten und toben, ohne an dieser Tatsache das Geringste ändern zu können. Und dann war es diese meine Hilflosigkeit, die mir die wüste Drohung in den Mund legte:

„Ich werde Sie schon loswerden." Und nun war es meine Hand, die hinauswies in die Leere. „Platz genug. Irgendwo da setze ich Sie aus."

Danach stelzte ich hinaus und warf hinter mir den schweren Lukendeckel zu. Das Schiff dröhnte wie eine angeschlagene Glocke.

Ich riß den Deckel noch einmal auf.

„Und hören Sie gefälligst mit dem Gestank auf!"

Nach dieser Entladung kehrte ich zurück in meine Einsiedelei, und meine Wut richtete sich gegen mich selbst, weil mir nichts Besseres eingefallen war als eine leere Drohung. Ich fühlte mich durchschaut. Diese O'Hara wußte nur zu gut, daß mir die Hände gebunden waren und daß ich nichts unternehmen würde, weil auch an Umkehren nicht zu denken war. Ich hatte mich lächerlich gemacht.

Aber zumindest lag es in meiner Macht, sie dort, wo sie sich eingenistet hatte, schmoren zu lassen. Am liebsten bis an den jüngsten Tag.

An diesem Entschluß hielt ich fest - auch dann noch, als die grauen Rattenzähne der alten Monotonie wieder an meinem Gemüt zu nagen begannen, bis mir der kalte Schweiß auf der Stirn stand. Lieber litt ich, als ihr Genugtuung widerfahren zu lassen.

Ich hatte mich verrannt und war mir darüber im Klaren; das war das Schlimmste an der Situation. Ein Wort von mir, und die Einsamkeit, die mich zermürbte, würde ein Ende haben.

Aller Vernunft zum Trotz unternahm ich mehrfach den Versuch, den Sender zu sensibilisieren. Ich horchte in die tödliche Stille hinein, bis mir das Kinn auf die Brust sank. Die Gedankenströme breiteten sich nicht aus. In diesem Raumgebiet war meine SCOUT ebenso taub wie stumm.

Aber ich konnte es nun einmal nicht lassen, mir die Sensoren an die Schläfen zu pressen, als ließe sich das Wunder, das ich so dringend brauchte, auf diese Weise herbeizwingen. Es wurde zu einer Zwangshandlung, zur Manie.

Und als das Wunder schließlich geschah, erkannte ich es nicht.

*

Ich wälzte mich in meiner Koje und wurde heimgesucht von den gewohnten Albträumen, als ich das Knistern vernahm.

Etwas tat sich an Bord.

Ein Knistern wie von elektrischen Entladungen lief durch das Schiff. Aber im Schiff gab es nichts, was dafür die Ursache hätte sein können.

Ich rieb mir die Augen. Über der Einrichtung lag ein Glimmen wie aus rötlichem Staub.

Und noch während ich in der Schlafkabine Schalter und Sicherungen überprüfte, bemerkte ich, wie sich der rötliche Staub auch auf meine Hände legte und immer intensiver zu glühen begann. Ich sah mich um. Das

Glimmen war überall.

Ich stürzte ins Cockpit.

Und dort verschlug es mir den Atem. Fassungslos starrte ich hinaus. Was draußen geschah, wo soeben nichts als Leere geherrscht hatte, ohne Maß und Ende, war ebenso furchteinflößend und schrecklich wie überwältigend schön. Vor allem jedoch war es gewaltig. Keine Phantasie wäre imstande gewesen, ein auch nur annähernd vergleichbares Szenario zu entwerfen.

Aber was hatte das, was ich jenseits des Panzerglases sah, zu bedeuten, dieses rotierende Karussell aus farbenprächtigen Federn, das so urplötzlich an die Stelle des ungestalteten Nichts getreten war? Das Karussell schien um eine feste Achse zu kreisen, ohne selbst Materie zu sein, und je wilder es sich drehte, desto größer und zahlreicher waren die lohenden Federn, die es dabei abwarf. Wie Brandpfeile zogen diese dann durch den Raum, um irgendwann und irgendwo nach einem letzten Aufflackern zu verlöschen. Jedesmal, wenn einer von diesen Brandpfeilen an der SCOUT vorüberzog, schwoll das Geknister, das mich geweckt hatte, an zu einem ohrenbetäubenden Knattern, und das rote Licht schien mir die Augen aus dem Kopf brennen zu wollen.

Die SCOUT blieb unerschütterlich. Unbeirrbar hielt sie ihren Kurs, und dieser zielte mitten in das Spektakel hinein. Doch obwohl ich mir völlig im Klaren darüber war, daß ich unbedingt etwas unternehmen mußte, um die sich abzeichnende Katastrophe abzuwenden, rührte ich keinen Finger.

Ich war wie gelähmt. Noch nie war ich so ratlos gewesen.

Ein neuer Himmel hatte den Vorhang aufgezogen, um mir Einblick zu gewähren in ein sorgsam gehütetes Geheimnis.

Wie lange ich so dastand, gleichsam festgenagelt, vermag ich nicht zu sagen, denn selbst im Nachhinein versagt hier jedes irdische Zeitmaß. Gebannt und hypnotisiert wurde ich Zeuge, wie das Karussell nach und nach seine Umdrehungen verlangsamte und wie aus dem Federkranz glühende Lohe wurde und aus dieser schließlich zähflüssiger Brei. Und immer noch schwankte ich zwischen Faszination und gezügelter Panik. Ich fühlte, daß ich Zeuge wurde eines Vorganges, der nicht für meine Augen bestimmt war, daß ich ungewollt zu einem ungebetenen Eindringling geworden war, und das machte mir Angst.

Ein Geräusch, das sich nicht beschreiben läßt, kam von irgendwo her, und damit war es um den Stoizismus der SCOUT geschehen. Das Schiff zuckte zusammen und fing an, taumelnde Bewegungen zu vollführen wie betrunken.

Nun endlich ließ ich mich in den Sessel fallen, um einen armseligen Versuch zu unternehmen, das Schiff zurückzuzwingen in das alte Gleichmaß der Fortbewegung, doch was immer auch ich unternahm, blieb ohne jede Wirkung. Die Bocksprünge der SCOUT wurden von Mal zu Mal wilder und ungestümer. An Bord brach die Ordnung zusammen. Wandschränke klappten auf und verstreuten ihren Inhalt in alle Räume. Geschirr ging zu Bruch. Vor meiner Nase tanzte die Uhr an ihrer goldenen Kette absurde Pirouetten.

Und dann lag es wohl weniger an meiner Geschicklichkeit als an äußeren Einflüssen, daß das Schiff sich wieder stabilisierte, bis ich aufatmend meinte, außer Gefahr zu sein.

Aber noch steckten die SCOUT und ich mitten drin.

Etwas, was sich kalt und naß anfühlte, fiel mir klatschend auf die Stirn. Ich blickte hoch und erstarrte. Der schlimmste Alarmfall, der sich nur denken ließ, war eingetreten. Vor irgendwoher kam Wasser ins Cockpit getropft, und dafür gab es eine einzige Erklärung. Das wichtigste Element an Bord, der Recycler, war nach den Bocksprüngen defekt. Und ein Ausfall des Recyclers bedeutete: Keine Nahrung, kein Trinkwasser, keine Atemluft. Und ohne diese drei Dinge war es mit der Unsterblichkeit eines Kosmonen nicht weit her.

Ich mußte handeln, sofort. Wer konnte schon sagen, wie lange die Ruhe vorhalten würde. Der Schaden mußte behoben sein, bevor die Luft verbraucht war. Hunger und Durst ließen sich zur Not eine Weile ertragen, aber sobald der Sauerstoff ausblieb, war es mit allem vorbei.

Das Spektakel vor dem Fenster durfte mich nicht länger ablenken. Die Reparatur des Recyclers ging allem vor.

*

In der Klimakammer sah es aus wie Weltuntergang: Dichter Nebel, der aus dem Recycler quoll, verschleierte die Sicht. Die Wandschapps waren aufgesprungen, und ihr Inhalt bildete gefährliche Stolperfallen auf den Flurplatten. Und über allem lag ein Duft nach Erde.

Ich tastete mich durch den Nebel, bis ich sie fand.

Mitten im Chaos saß sie auf dem herausgezogenen Notsitz, und sie hatte Geistesgegenwart genug bewahrt, um sogar den Gurt anzulegen. Sie bemerkte mich und hob mir ihr aschfahles Gesicht entgegen.

„Um Himmels willen, Mark, was ist passiert?"

Sie benutzte meinen Vornamen, und ich wies sie nicht zurecht. Sie war heil und gesund, und das war die Hauptsache. Ich verstand mich selbst nicht.

„Draußen", antwortete ich, „geht es zu wie im himmlischen Kreißsaal. Wir sind mitten hineingeplatzt. Ein neuer Stern wird gerade geboren."

Sie sann über meine Erklärung nach, und ihr Gesicht nahm Farbe an. Ein Lächeln glomm in ihren Augen.

„Ein neuer Stern? Mark, das ist ja wunderbar!"

Es reichte, daß wenigstens sie das wunderbar fand - mir ging es um das Nächstliegende. Ich klappte den Recycler auf, tauchte mit dem Oberkörper hinein und machte mich systematisch auf die Suche nach der Ursache der Störung. Nun bin ich nicht unbedingt ein gelernter Mechaniker, und so dauerte es eine Weile, bis ich wußte, was mit der Anlage los war.

Ein haarfeiner Riß im Filter.

Eine Bagatelle.

Ein Filter auszutauschen, war Sache von ein paar Handgriffen. Danach würde der ewige Kreislauf der Dinge wiederhergestellt sein.

Alles, was ich dazu brauchte, war ein Ersatzfilter.

Nie hatte ich mich elender gefühlt als bei der Erinnerung an das Gespräch mit dem Graukopf - irgendwann vor dem Start.

„Und wie steht es denn so mit Ersatzteilen, Väterchen?"

Ich glaubte ihn wieder vor mir zu sehen, wie er abwinkte.

„Sohn, denk selber nach. Ohne Zeit altert das Material nicht, und ohne Alterung gibt's keinen Verschleiß. Mit diesem Vogel kann einer unterwegs sein, solange er Lust hat, ohne daß da etwas ausgetauscht werden müßte."

Theorie und Wirklichkeit. Und nun bekamen wir die Quittung.

Ruths Brustkorb hob und senkte sich immer qualvoller. Schweiß perlte auf ihrer Stirn. Der Sauerstoffgehalt der Luft fiel und fiel. Ich spürte es auch. Meine Bewegungen wurden unkonzentriert, der Verstand war von jäher Müdigkeit befallen.

Es war nicht zu glauben. Auf dem ganzen Schiff, dem Stolz der Kosmonenflotte, gab es kein Ersatzfilter.

Das war das Ende.

Viel weiter vermochte ich nicht mehr zu denken. Und dann setzte das Bedauern ein - aber nicht so sehr um mich. Es ging um das Vertrauen in den auf mich gerichteten großen seegrünen Augen, das ich nun enttäuschen mußte. Auf eine solch läppische Art und Weise auszuscheiden, hat die O'Hara nicht verdient. Wie würde sie die Erkenntnis tragen: alles zu verlieren, diese noch ungelebte Ewigkeit, nur weil ein Ersatzteil fehlte?

Ein Stück Gaze, briefmarkengroß.

Ließ sich denn gar nichts unternehmen. Ich zermarterte meinen Kopf. Und mit jedem Atemzug wurde die Luft schlechter.

Was mochten sich die Werftheinis gedacht haben, als sie ihren utopischen Lehrsatz aufstellten? Absolute Unsterblichkeit gab es nicht. Das galt auch für das Material. Ein im Programm nicht eingeplanter Zwischenfall - und die ganze SCOUT war gerade so viel wert wie ein defektes Filter.

Das konnte nicht sein.

Das durfte nicht sein.

Irgendwie mußte es eine Möglichkeit geben, den Schaden zu beheben. Was die Situation erforderte, stand in keinem Handbuch, bedeutete Improvisation. Ich mußte mir etwas einfallen lassen, schleunigst. Meine Gedanken krochen langsam, wie gelähmt.

Und als mir schließlich die Erleuchtung kam, glaubte ich nicht an den Erfolg.

Aber versuchen mußte ich es.

Aus meinem Handgepäck holte ich Nadel und Faden. Falls es mir gelang, den Riß im Filter kunstvoll zusammenzuziehen, mochte die SCOUT noch eine Chance haben. Und wir mit ihr.

Vor dem Recycler kniete ich mich hin und machte mich daran, den Faden einzufädeln. Die Sicht war miserabel, und ich war am Ersticken. Und um das Maß des Unheils vollzumachen, waren meine Hände für diese Feinarbeit zu plump.

Schweiß rann mir in die Augen. Und Faden und Nadelöhr wollten einfach nicht zueinander finden.

Unser Schicksal lag in meiner Hand, und diese Hand versagte. Gab es denn in diesem ganzen verdammten Himmel keinen rettenden Engel, der mir seine ruhige Hand lieh? Verzweiflung bemächtigte sich meiner.

„Mark, wo ist das Problem?"

Die Stimme im Nebel war zwar nicht die eines Engels - und dennoch mochte sie die Rettung ankündigen. Schonungslos bekannte ich Farbe:

„Ich will versuchen, das Filter zu flicken, aber ich kriege den Faden nicht ins Öhr."

„Gib her!" Sie kniete neben mir und nahm mir mein bescheidenes Werkzeug aus der Hand. „Und nun zeig mir, was ich flicken soll!"

Als sie mit dem Vernähen fertig war, baute ich das Filter wieder ein, und aus den Luftschlitzen kann belebende, sauerstoffhaltige Frischluft gezogen und fegte den Nebel hinweg. Auch das Tröpfeln hörte auf. Der Kreislauf der Dinge an Bord der SCOUT war wieder geschlossen.

„Alles klar, Mark?"

„Alles klar, Ruth."

Und so wie wir beide da vor dem Recycler hockten, fielen wir uns um den Hals, lachend und weinend.

Irgendwann stemmte ich mich hoch. Und ein Licht, das mich erblinden machte, brach durch die Scheiben, zusammen mit einem Knall, der die Trommelfelle bersten ließ.

Die SCOUT bäumte sich auf und überschlug sich. Und ich, fast blind, fast taub, flog durch den Raum und prallte mit dem Kopf gegen den Recycler. Mir schwanden die Sinne.

*

Irgendwann merkte ich, daß mein Schädel brummte.

Und irgendwann fielen mir die traurigen Augen des Großmeisters ein. Nie zuvor war mir in den Sinn gekommen, daß auch der Großmeister an einer Sehnsucht kranken mochte - an der Sehnsucht nach dem Namenlosen, dem Unbenennbaren.

Der Abend vor dem Start... Der letzte Abend...

Wir saßen vor der erleuchteten Vitrine, gefangen in wortlosem Verstehen, bis der Großmeister aufseufzend das Schweigen brach:

„Vielleicht, Brandis, werden Sie finden, was Sie suchen, vielleicht auch nicht. Aber so oder so werden Sie zu der Erkenntnis gelangen, daß auf der Welt alles seinen Preis hat."

Ich hob den Blick und sah die Trauer in seinen Augen - und ich wußte, daß ich ihm mit meiner Antwort unrecht tat.

„Und nur deshalb darf es hier keine Veränderungen geben?"

Er dachte über meinen Vorwurf nach. Und dann begegnete er ihm mit unverdienter Milde:

„Es scheint ein Gesetz zu geben, ein höheres, das darüber wacht, daß man nicht alles zugleich haben kann, das eine wie das andere."

Die Auskunft befriedigte mich nicht. Ich bedrängte ihn:

„Was habe ich denn - konkret?"

Der Großmeister wiegte das Haupt, und ich begriff, daß meine Zunge vorschnell gewesen war.

„Brandis, Sie haben das ewige Leben. Ist das etwa nichts?" Er kam meinem Einwand zuvor. „Ich weiß, das ödet Sie an. Ich weiß. Glauben Sie, Sie sind der einzige, dem es so ergeht?" Wieder gab er mir keine Gelegenheit, ihm zu widersprechen. „Und das, Brandis, ist der Preis. Was wir, indem wir zu Kosmonen geworden sind, gewonnen haben, bezahlen wir mit dem Verlorenen."

Die Worte des Großmeisters waren dunkel, voller Rätsel. Er durchschaute meine Verwirrung, denn er erhob sich. Er trat vor die Vitrine. In seiner Hand blinkte der goldene Schlüssel.

„Ich werde Ihnen etwas zeigen, Brandis - etwas, was sonst noch keiner in Cosmopol zu sehen bekommen hat. Ich fand es zwischen den Seiten der Bibel."

Der letzte Abend vor dem Start...

Und der Großmeister enthüllte mir sein Geheimnis.

Eine Fotografie. Zwei Personen Seite an Seite. Ein M-Typ und ein W-Typ. Vulgär gesprochen: Mann und Frau. Der Arm des Mannes ruhte auf der Schulter der Frau. Und beide blickten einander an.

Das war alles. Eine Fotografie. Und dann war das doch nicht alles. Denn ich hatte das Glück gesehen, das aus den Augen der beiden strahlte.

Auch der Großmeister mußte es gesehen haben, denn, als er mir die Abbildung behutsam aus der Hand nahm, sagte er:

„All das ging verloren, Brandis. Auch das gehört zum Preis, den wir entrichten." Und mit einer überraschenden Bewegung, als wollte er mich segnen, legte er mir die Hand auf den Scheitel. „Wie gesagt, man kann nicht alles haben, das eine wie das andere. Lassen Sie sich Ihren Entschluß noch einmal durch den Kopf gehen! Oder sind Sie sich Ihrer Sache so sicher?"

Die Hand strich mir über das Haar, wieder und immer wieder, und ich hielt still und genoß die Wohltat der Berührung.

„Ich bin sicher", erwiderte ich.

„Mark, endlich!" Doch nun war es nicht die Stimme des Großmeisters, die den Faden weiterspann. Es war die Stimme von Ruth O'Hara. „Endlich kommst du zu dir. Was hast du mir sagen wollen? Du bist sicher..."

Ich machte die Augen auf und befand mich wieder an Bord der SCOUT.

Und es war nicht länger die Hand des Großmeisters, die mich liebkoste - denn auch die Hand gehörte zu Ruth O'Hara. Und mein Brummschädel lag in ihrem Schoß. Sie kauerte neben dem Recycler, und ihr ovales Gesicht war über mich geneigt, und die Augen darin bildeten grüne Seen - klar, tief und still - eingerahmt von der Farbe reifer Kastanien.

Die Augen flehten um ein neues Wort von mir.

Und so krächzte ich: „Ruth..."

Ihre Brust weitete sich unter einem Seufzer der Erleichterung.

„Dem Himmel sei Dank, Mark. Ich hatte schon Angst, du kämest gar nicht mehr zu dir. Du hast eine üble Wunde am Hinterkopf. Ich habe sie schon verarztet. Aber du warst sehr lange bewußtlos. Wie fühlst du dich?"

Die Wahrheit ist, daß ich das selbst nicht wußte. Oder daß ich nicht klug wurde aus dem, was geschah. Etwas Unerklärliches ging in mir vor: ein Gefühl. Wider alle Vernunft fühlte ich mich glücklich und zufrieden. Und ich fragte mich, ob das die Regel wäre: daß ein Mann sich den Schädel einrennen mußte, um hernach aufwachen zu dürfen im Paradies.

Ruth wollte aufstehen.

„Du hast jetzt sicher Durst", meinte sie. „Ich hole dir was."

Jähe Panik überfiel mich. Ruth durfte nicht fortgehen. Sobald ich zuließ, daß sie sich entfernte, mußte es mit dem Paradies vorbei sein, würde alles wieder werden wie zuvor: grau und kalt und voller unbestimmbarer Sehnsucht, wie es sie im Paradies nicht gab. Und diese Sehnsucht wollte ich nie wieder verspüren müssen. Ich umklammerte Ruths Handgelenke.

„Bleib!"

Sie hatte sich vorgenommen, mich mit etwas Trinkbarem zu versorgen, und begriff mein Entsetzen nicht.

„Aber..."

Ich hielt sie fest.

„Bitte, Ruth, bleib! Bitte!"

Aber die winzige Bewegung, die sie bereits gemacht hatte, reichte aus, um mir an ihrer Schulter vorbei den Blick ins Cockpit freizugeben.

Sie bemerkte mein Erstaunen.

„Was ist denn los, Mark? Was gibt es da zu sehen?"

Ich hob eine Hand, die schwer war wie Blei, und Ruth wandte den Kopf.

„Mag sein, daß es gar nichts zu bedeuten hat", sagte ich. „Trotzdem - sieh genau hin!"

Ruth sah nichts. Sie fragte:

„Was soll denn da sein?"

„Die Zeiger!" sagte ich. „Sie haben sich bewegt."

*

Und dabei blieb es zunächst.

Die Zeiger der Uhr, die an der goldenen Kette über dem Pult hing, bewegten sich - der große schneller als der kleine; und am schnellsten der Winzling im separaten Feld.

Und die SCOUT zog weiter ihre Bahn durch den leeren Raum - nur daß dieser nicht mehr ganz so leer war wie zu Beginn der Reise.

Es gab den neuen Stern.

In der Leere bildete der Stern einen unübersehbaren Meilenstein.

Wohin die Reise ging, ließ sich weniger denn je vermuten, denn die Geburt des neuen Himmelskörpers mußte grundlegend neue Verhältnisse geschaffen haben.

Obwohl ich wußte, daß, solange die Zeiger sich bewegten, wir uns in der Zeit befanden, regte ich mich nicht auf.

Der Großmeister hatte vor der Zeit gewarnt.

Warum eigentlich?

Nun war sie da, ich fand an ihr nichts auszusetzen, Ruth genauso wenig.

Vor allen Dingen - die Zeit tat nicht einmal weh, wie ich nach meinem Gespräch mit dem Großmeister befürchtet hatte. Ich empfand sie als einen Zustand ohne jedes Merkmal. Wären da nicht die Zeiger der Uhr gewesen, die sich bewegten, ich hätte die Zeit nicht wahrgenommen. Doch obwohl ich mit ihr weiter nichts anzufangen wußte, ließ ich sie mir gefallen. Auf einmal lebte ich im Jetzt.

Ich erinnere mich an endlose Gespräche, die Ruth und ich führten, weil wir sie jetzt führen wollten und nicht irgendwann, aber auch an Stunden des erfüllten Schweigens, des wortlosen Verstehens im gemeinsamen Auskosten des Jetzt-Empfindens.

Doch die Zeit blieb nicht stehen. Minuten summierten sich zu Stunden, Stunden zu Tagen, Tage zu Wochen. Es kam ein Morgen, an dem mich Ruth aus den Federn scheuchte.

„Mark, steh auf. Du mußt etwas überprüfen. Komm!"

Ich schielte nach der Uhr über dem Pult und gähnte: Halb fünf. Und überhaupt war mir nicht nach Aufstehen zu Mute.

„Überprüfen - jetzt, so mitten in der Nacht?" protestierte ich.

„Jetzt!" bestätigte Ruth unerbittlich. „Es scheint wichtig zu sein."

Ich schlurfte ins Cockpit. Ruth war schon dort und hockte wie anbetend vor dem Gravimeter. Ich stellte mich neben sie und warf einen verschlafenen Blick auf den Schirm. Und plötzlich war ich hellwach.

Zwei Anzeigen.

Die eine stärker: Das war der Stern, die andere kaum mehr als eine Ahnung.

Ruth drehte mit spitzen Fingern an den Knöpfen, und das Signal wurde deutlicher.

„Wofür hältst du das, Mark?"

„Und du?"

„Ich halte es für ein Schwerefeld, künstlich vielleicht, aber immerhin." Sie schaltete den Rechner zu. „Nicht sehr stark, nicht sehr groß, aber auch nicht sehr weit entfernt. Nun überlappt es sie Konkurrenz."

Ruth war in ihrem Element. Gravitationen gehörten zu ihrem Fachgebiet an der Universität. Schneller als ich es hätte tun können, verglich sie die gewonnenen Werte mit unserem Kurs.

„Und was immer es auch ist, Mark, es hat uns schon eingefangen."

*

3.

Inzwischen weiß ich, was Kolumbus empfand, als nach siebzig endlosen Seetagen aus der Wasserwüste des atlantischen Ozeans die Bergkämme der Neuen Welt wuchsen.

Die Neue Welt - für mich war das Astropol. Und so von weitem betrachtet, unterschied sich der Kunstplanet kaum von Cosmopol, seinem Zwilling im All. Die Existenz von einem Zwilling war bisher nichts als ein unbeweisbares Gerücht gewesen. Nun hatte ich ihn vor mir - und ich hatte den ersten Beweis dafür, daß ich durchaus nicht der tumbe Tor war, für den mich andere halten mochten. In den Legenden, in die ich mein Vertrauen gesetzt hatte, gab es einen wahren Kern.

In der Hoffnung auf die Gemeinsamkeit der Sprache, meldete Ruth uns an und bat um Landeerlaubnis. Die Bestätigung klang alles andere als begeistert.

„Wie zum Teufel haben Sie uns gefunden?"

Ruth schickte einen fragenden Blick zu mir herüber. Ich hob die Schultern. Sie war der Co-Pilot und mußte klarkommen. Sie beugte sich bereits über das Mikrofon.

„Sie werden lachen. Ein guter Stern hat uns geführt."

„Ach der schon wieder !" erwiderte die Stimme von Astropol verdrossen. „Seitdem der da ist, ticken hier die ollen Uhren wie verrückt. Keine Ordnung mehr! Alles geht drunter und drüber. Und jetzt kommen auch noch Sie!" Ein Seufzer. Dann: „Sehen Sie zu, wie Sie runterkommen. Ich kann Ihnen nicht helfen. Mit der Zeit habe ich nichts am Hut. Taugt nur was zum Müdemachen."

Ich nahm Ruth das Mikrofon aus der Hand.

„Meister, alles was ich brauche, sind ein paar Werte."

„Fragen Sie doch Ihren Stern!" Der Meister gähnte und schaltete ab.

Was tun? Ich studierte das fremde Objekt und entschied mich.

„Landeanflug wie auf Cosmopol!"

Eine vorschnelle Entscheidung. Denn nur äußerlich war Astropol unser Zwilling. Die SCOUT bekam das zu spüren, als sie in den atmosphärischen Gürtel geriet und die Temperaturmelder Alarm schrien. Gerade noch rechtzeitig bekam ich das Schiff in den Griff. Im Cockpit roch es brenzlig nach Überhitzung.

„Das war knapp, Mark." Ruth hatte einen Block auf den Knien und war damit beschäftigt, die Folie mit irgendwelchen physikalischen Formeln zu bekritzeln. „Zu spitzer Winkel! Mußte ja Reibung geben."

„Kein Programm", erläuterte ich, „nicht mal 'ne lausige Tabelle! Was hilft's? Also, noch mal 'rein ins Vergnügen!"

Der mißglückte Landeversuch nagte an meinem Selbstbewußtsein. Mehr noch - er machte mich wütend.

Da schwebte sie vor uns, diese silbern schimmernde Oase in einer Wüste aus Nichts, und alles was ich wollte, war bescheiden genug. Ich wollte endlich die SCOUT auf die verdammte Rampe knallen, und mir in der Stationsbar ein kühles Bier genehmigen.

Auch der zweite Landeanflug ging daneben. Diesmal war der Winkel der Annäherung zu stumpf. Die SCOUT hüpfte über den Gürtel wie der springende Stein auf dem Wasser. Sie prallte ab und hielt beschleunigend auf die gähnende Leere zu. Ich fluchte.

„Mist! Keinerlei Unterlagen - und in der Raumkontrolle nur dieser Penner!"

Ruths Schreibstift glitt über die Folie.

„Du willst landen?"

„Auf jeden Fall will ich mir den Affenstall aus der Nähe besehen."

Sie trennte die Folie vom Block und legte sie vor mir aufs Pult.

„Versuch's doch mal damit, Mark!"

Vor mir lag die Formel einer Ansteuerung. Der Schweiß trat mir auf die Stirn, als ich die Zahlen eintippte.

„Na denn", knurrte ich. „Zur Hölle fährt man nur einmal."

Alles ging gut. Die SCOUT schwebte plötzlich über der Rampe und tarierte aus. Ich wandte den Kopf.

„Aus welchem Zylinderhut hast du bloß diese Formel her?"

Sie hob das anmutige Kinn.

„Jeder tut eben, was er kann", gab sie zurück.

Die SCOUT setzte auf. Ruth stieg als erste aus. Nach ihr setzte ich den Fuß auf den fremden Beton.

Im Kontrollbunker hatte der Stationsmeister den Oberkörper auf das Kommandopult gelegt und gab leise Schnarchtöne von sich. Vor ihm lag die aufgeschlagene Verkehrskladde. Ruth blätterte sie rasch durch und schob sie dann zu mir herüber. Ihre Lippen bewegten sich fast lautlos.

„Sieh selbst!"

Es war nicht nur nicht zu fassen. Es war erschütternd. Vor mir lag das Protokoll vergeblichen Wartens. Die Verkehrskladde enthielt nur leere Seiten. Aber jede davon war am rechten unteren Rand abgestempelt und mit einer verschnörkelten Unterschrift versehen: Dokument einer sinnentleerten Routine. Kein Wunder, daß dem guten Mann irgendwann die Augen zufallen mußten.

Als ich ihn antippte, wurde er wach und sofort dienstlich. Ein ganzer Fragenkatalog prasselte fast schneller auf uns nieder, als ich antworten konnte.

„Schiffsname?"

„Kein Name."

Er wiegte mißbilligend den Kopf.

„Schiffstyp?"

„SCOUT."

„Nie gehört. Woher gekommen?"

„Cosmopol."

„Wie schreibt sich das?"

Ich buchstabierte es ihm, und er trug es ein. Danach legte er den Kopf schräg und musterte uns lange und eindringlich, als hätte er noch nie zweibeinige Wesen gesehen. Irgendwann entschloß er sich, den Mund noch einmal aufzumachen.

„Warten Sie hier. Der Quarantänewagen wird Sie abholen."

Ruth kam mir mit dem Protest zuvor.

„Was heißt das: Der Quarantänewagen wird uns abholen?"

Mit Leuten zu diskutieren, die in ihrem Element sind, ist von vornherein vergebens.

„Das heißt genau das!" sagte der Stationsmeister nur.

*

Doktor Saul, der uns mit dem Quarantänewagen abholte, war eine würdevolle Erscheinung von der Art, wie ich mir die biblischen Patriarchen vorstelle. Und gleich diesen war er von einer sehr direkten, ungekünstelten Herzlichkeit. Alles in allem war er das genaue Gegenteil des mürrischen Dienstautomaten im Kontrollbunker.

Nach den unvermeidlichen Begrüßungsfragen, die er im Klinikum, wohin er uns gefahren hatte, an uns stellen mußte, wurde das Gespräch privater.

„Ich fürchte", bemerkte Doktor Saul, „Ihr Eindruck von uns Astriden hat vorhin etlichen Schaden genommen. Aber urteilen Sie, wenn ich Sie bitten darf, nicht zu hart. Der Stationsmeister ist, seitdem dieser Stern erschienen ist, völlig durcheinander. Auf einmal gehen die Uhren wieder, und er fühlt sich unter Zeitdruck gesetzt. Die Zeit, bildet er sich ein, ist sein Feind. Und er flüchtet sich vor ihr in seine Träume."

Die Zeit! Immer wieder die Zeit. Hatte nicht selbst der Großmeister vor der Zeit gewarnt? Und zugleich hatte er mir seine Uhr als Wegweiser mit auf die ungewisse Reise gegeben. Was überhaupt war das: die Zeit? Wodurch entstand sie? Und was war ihre Aufgabe? Wem und wozu diente sie?

In meinem Kopf ging es zu wie in einem aufgescheuchten Ameisenhaufen. Ich überließ es Ruth, das Gespräch in Gang zu halten, und trat ans Fenster. Von dort aus überblickte man das Rampengelände mit unserer abgestellten SCOUT. Gleich dahinter lag eine Siedlung. Die Bauweise entsprach derjenigen, die ich von Cosmopol kannte.

In der großen Leere, die sich über all dem wölbte, glomm ein einsames Licht.

„Halten Sie Zwiesprache mit dem Stern, Brandis?" Die Stimme des Arztes verriet Verständnis für meine Gemütslage. „Sein Erscheinen hat eine Menge Aufregung verursacht. Die Leute gerieten fast in Panik."

„Würden Sie mir das erklären, Doc?" Plötzlich gierte ich nach handfesten Informationen, nach verwendbaren Tatsachen.

„Das werden Sie nur verstehen, junger Freund, wenn Sie die ganze Geschichte von Astropol erfahren haben." Die blaßblauen Augen des Patriarchen mit dem weißen Kittel forschten mich aus. „Wollen Sie sie wirklich hören?"

„Wir sitzen sowieso fest", sagte ich. „Also dann, Doc, schießen Sie los!"

Wir erfuhren die Geschichte von Astropol bei einer Flasche Wein, die Doktor Saul plötzlich herbeizauberte - ganz so, als befänden wir uns bei ihm nicht in Quarantäne, sondern wären zu Gast. Bis zu einem gewissen Grad hätte, was wir von ihm zu hören bekamen, ebenso gut die in Vergessenheit geratene Geschichte von Cosmopol sein können. Aber einiges war anders, und das lag an der Unterschiedlichkeit der Experimente.

„Das Bindeglied zwischen euch Kosmonen und uns Astriden", hob Doktor Saul gemächlich an, „besteht in unserer gemeinsamen Herkunft. Denn bevor wir zu dem wurden, was wir heute sind, waren wir alle gewöhnliche sterbliche Menschen, und unser Heimatplanet war die Erde."

Der Patriarch erzählte. Ruth hatte den Block auf den Knien und machte sich Notizen. Und ich wagte kaum zu atmen, um mir nur ja kein Wort entgehen zu lassen.

„Aber dann, als es auf dem Planeten Erde eng geworden war, beschlossen dessen Bewohner die Eroberung des Universums. Doch hierbei waren ihnen natürliche Grenzen gesetzt durch ihre Sterblichkeit. Und so stellten sich ihre Wissenschaftler die ehrgeizige Aufgabe, einen Stamm von Raumfahrern heranzuziehen, der langlebig genug sein sollte für die Bewältigung der astronomischen Entfernungen.

Man versuchte es zu gleicher Zeit auf zwei verschiedenen Wegen, wobei jedem dieser Wege eine ganze Philosophie zugrunde lag."

Die blaßblauen Augen studierten uns.

„Das eine Modell müßte euch bekannt sein, es ist das eure. Man gab ihm den Namen Cosmopol. Herzstück dieses Modells war eine gentechnische Fabrik, die unermüdlich und unerschöpflich die gelichteten Reihen immer wieder auffüllte.

Wie ich sehe, hat das funktioniert."

Zum ersten Mal hörte ich mehr als nur Legenden. Könnte es sein, daß ich den

Faden der Ariadne gefunden hatte?

„Und das zweite Modell, Doc?"

„Das zweite Modell trägt den Namen Astropol, wo wir uns befinden. Hier ist man einen anderen Weg gegangen, um Langlebigkeit herzustellen - den einer perfektionierten Transplantationschirurgie. Zu diesem Zweck wurden hier ganz Schiffsladungen von Organen aller Art sowie von Blutkonserven eingefroren."

Die schlanke Hand des Patriarchen wischte etwas Unsichtbares aus.

„Ich bin noch da, wie Sie sehen. Aber niemand weiß, ob ich noch da sein werde, wenn Sie wiederkommen, junger Freund." Doktor Saul zögerte, bevor er die Diagnose stellte. „Wir sind am Ende des Experiments angelangt. Der Stern und mit ihm der Faktor Zeit! Die Haltbarkeit der Blutkonserven ist gestern abgelaufen."

Ruth blickte von ihrem Block auf.

„Und deshalb die Panik?"

„Und deshalb die Panik", bestätigte Doktor Saul. „Bisher war man ja allgemein der Meinung gewesen, wir hätten es geschafft - nicht zuletzt unter Ausnutzung der erzwungenen Zeitlosigkeit. Das Messer des Chirurgen, mein Messer, regierte. Altes wurde ausgetauscht gegen Neues, und Krankheiten landeten samt der befallenen Organe im Verbrennungsofen. Es gab genug Ersatz."

Wieder diese Handbewegung, als würde etwas fortgewischt.

„Nun, jetzt wissen wir es besser. Die Zeit hat uns eingeholt. Wir haben verloren."

Ich fühlte mich aufgewühlt und erschüttert. Der Patriarch im weißen Kittel verkündete sein eigenes Urteil. Das geschah ohne ein Zittern in der Stimme, ja sogar, so kam es mir vor, mit einer gewissen Genugtuung und Erleichterung.

„Nichtsdestoweniger", fügte er nach einer Weile im Ton völliger Sachlichkeit hinzu, „kann ich Ihnen die Quarantäne nicht ersparen. Ich bin an meine Vorschriften gebunden. Sie kennen das sicherlich."

Doktor Saul warf plötzlich den Kopf in den Nacken und horchte. Sein Gesicht verlor an Farbe. Es gefror zu einer bleichen Maske.

Ruth ließ den Block von den Knien rutschen und horchte nun auch.

Mit dem Unterbewußtsein hatte ich es längst wahrgenommen, ein hohes Schwirren wie von einer verstimmten Violinsaite, doch aus irgend einem Grund hatte ich es den Geräuschen im Klinikum zugeordnet, in dem wir uns befanden. Das Klinikum war eine verwirrende Anlage mit Dutzenden von Aufzügen, mit blinkenden Lichtern und hermetisch schließenden Türen.

Ein Blick aus dem Fenster widerlegte die Zuordnung.

Über der Rampe schwebte ein riesiger feuerroter Raumkreuzer von einer Bauart, wie ich sie noch nie gesehen hatte. Er war mindestens viermal so groß wie meine brave SCOUT. Jedesmal, wenn er auf der Suche nach dem günstigsten Aufsetzpunkt seine Position geringfügig veränderte, erklang das mißtönende Schwirren.

„Die Malus-Sekte!" Doktor Saul war mit allen Anzeichen des Entsetzens ans Fenster getreten. „Der Himmel sei uns gnädig!"

„Wer?"

„Die Malus-Sekte, Mark", wiederholte Ruth. „So hat er sie jedenfalls genannt."

Der Raumkreuzer setzte auf. Er tat das so hart, daß sogar das Gebäude, in dem wir uns befanden, vibrierte.

Doktor Saul wandte den Blick nicht von der Rampe.

„Hören Sie zu..."

Auch die Malus-Sekte war ein Produkt irdischer Zivilisation. Ihr Gründer, Malus I., hatte sich zum Antigott proklamiert, aber als er und seine Anhänger sich anschickten, ihre unheilige Lehre mit Gewalt zu verkünden, erlitten sie eine Niederlage nach der anderen, so daß ihnen schließlich nur noch die Flucht in den Weltraum blieb. Wo sie sich dort dann eingenistet hatten, wußte Doktor Saul nicht zu sagen, vermutlich in einer weiteren versprengten Raumstation. Doktor Saul mußte schlimme Erfahrungen mit ihnen gemacht haben.

„Sie sind eine üble Bande - bis an die Zähne bewaffnet und völlig ohne Gewissen - wie ja schon der Name sagt, den sie sich zugelegt haben. Jedesmal, wenn ihr gegenwärtiger Anführer, Malus XIV., eine Bluttransfusion benötigt, suchen sie uns heim. Ohne die regelmäßige Zufuhr von Frischblut würde er dem Siechtum verfallen. Raumanämie."

Der rote Raumkreuzer fuhr die Gangway aus. Und Doktor Saul befahl:

„Vom Fenster weg! Sie dürfen euch nicht sehen."

Mir war nicht klar, wovor er sich so plötzlich fürchtete. Doktor Saul hatte Angst. Er hatte sogar erbärmliche Angst. Und er gab sich keine Mühe, das vor unseren Augen zu verbergen.

Aber was war der Grund dafür, daß er vor Entsetzen fast außer sich war? Es ging doch nur um ein paar Blutkonserven - und die waren, wie er selbst sagte, seit gestern überlagert.

Auf dem Rampengelände ging es mittlerweile zu wie im Krieg. Ein halbes Hundert bewaffneter Gestalten in enganliegenden roten Overalls war ausgestiegen und hatte sich sichernd über den Platz verteilt. Eine weitere Gruppe stürmte die SCOUT. Ich konnte sehen, wie sie das Cockpit durchstöberte. Was hoffte sie dort zu finden?

Und nun erschien oben auf der Gangway ein stiernackiger Hüne. Auch er war von Kopf bis Fuß in Rot gekleidet - nur daß sein Rot noch gleißender war als das der anderen. Es umspielte die bullige Erscheinung wie eine züngelnde Flamme. Der Kopf darüber war kahl wie eine Billardkugel. Auf der Plattform blieb der Hüne stehen und sah sich langsam nach allen Seiten hin um. Einen Atemzug lang fühlte ich mich von seinem Blick gestreift. Es war, als träfe mich eine geballte Ladung Schmutz. Mich fröstelte.

Doktor Saul bewegte die Lippen zu einem kaum hörbaren Flüstern:

„Das ist er - Malus XIV., der amtierende Antigott."

Malus' rechte Hand umschloß den Griff einer elektronischen Peitsche. Im ganzen Universum gab es kein grausameres Instrument zum Foltern und Töten.

Doktor Saul bewegte noch einmal die Lippen.

„Sie sind in Gefahr. Er schreckt vor nichts zurück. Sobald er merkt, was mit den Blutkonserven los ist, wird er sich an lebendiges Blut halten. Und da unser Blut auch nicht mehr das Frischeste ist..."

Ich streckte die Hand aus und riß Ruth vom Fenster weg.

„Oh Mark!"

Zitternd lag sie an meiner Brust. Doktor Saul übertrieb nicht. Wir waren in höchster Gefahr - zwei unbewaffnete Kosmonen gegen eine ganze fanatisierte Armee unter dem Befehl eines skrupellosen Sadisten und Egomanen.

Was immer auch zu unserer Rettung unternommen werden konnte, mußte sofort geschehen.

Aber was? Astropol war für mich ein unbekannter Himmelskörper. Ich kannte mich darauf nicht aus. Doch zumindest Ruth durfte nicht in die Hand dieser Horde fallen. Ich mußte Doktor Saul dazu bringen, sie irgendwo in diesem Gebäude zu verstecken - doch schon im vorhinein war ich überzeugt, daß es ganzen Klinikum kein Versteck geben mochte, das sich nicht aufspüren ließ.

Der kahlköpfige Hüne auf der Gangway nahm mir die Entscheidung ab. Die elektronische Peitsche wies plötzlich in unsere Richtung.

Zu lange hatte ich gezögert.

„Sie kommen!" Die Stimme des Patriarchen im weißen Kittel klang wieder ruhig und beherrscht. „Wir müssen uns etwas einfallen lassen. Kommen Sie!"

Doktor Saul öffnete eine Tür. Unter dem klaren Licht einer fahrbaren Leuchte standen dicht nebeneinander zwei Operationstische.

„Schnell! Legen Sie die Kleider ab und strecken Sie sich aus! Wir täuschen eine Organübertragung vor. Vielleicht kommen wir damit durch - und die Kerle halten euch für unbrauchbare Astriden."

Es gibt Momente, in denen man handelt, ohne zu diskutieren. Als die knallenden Stiefelschritte die Halle erdröhnen ließen, lagen Ruth und ich entkleidet auf den weißen Operationstischen, und Doktor Saul hatte davor sein chirurgisches Besteck ausgebreitet.

„Verhalten Sie sich still!" warnte er, bevor er uns verließ. „Kein Wort! Ich rede."

Mit einem langen Seufzer schloß sich hinter ihm die Tür. Wir waren allein.

Neben mir, zum Greifen nahe, war Ruths angstvolles Atmen zu hören. Wahrscheinlich atmete ich genau so flach und unregelmäßig. Das Warten geriet zur Qual. Falls die Täuschung mißlang, war dieser Raum eine ausweglose Falle. Und trotzdem mußten wir ausharren, ohne uns zu rühren, ohne auch nur ein Wort miteinander zu wechseln.

Über meinem starren Blick wölbte sich eine transparente Kuppel und trennte uns von dem großen leeren Nichts, in dem ein heller Punkt glomm.

Der Stern.

Irgendwo schlug eine Uhr.

Die Tür wurde aufgerissen, und mit halbgeschlossenen Augen erkannte ich einen roten Overall, der sich über mich beugte.

„Und diese beiden? Ich warte auf eine Erklärung!" Eine Stimme wie ein Mülleimer, gemein schon im Klang.

„Zwei normale Transplantationsfälle." Die Stimme von Doktor Saul, kühl und beherrscht. „Sie platzen in die Vorbereitungen hinein. Sobald Assistent und Schwester zur Stelle sind, wird's hier ernst. Darf ich erfahren, was Sie mit Ihren Maßnahmen bezwecken?"

„Draußen parkt ein Raumkreuzer, der nicht hierher gehört. Die Crew muß sich hier irgendwo verkrochen haben. Nun, wir werden sie aufstöbern."

Die knallenden Schritte entfernten sich, und dann erklang wieder das lange Seufzen der Tür.

Ruth wandte mir ihr Gesicht zu, und es war, als blickte ich in ein Geheimnis. Wie hatte das nur geschehen können, daß ich all das übersehen hatte, was ich nun in ihren Augen las - nämlich die stille Tiefe und große Ruhe eines machtvollen Gefühls?

Die Uhr schlug wieder, und noch immer lagen wir so - Blick in Blick.

Doktor Saul kehrte zurück.

„Für's erste", verkündete er, „haben die Unholde das geschluckt. Aber sie werden wiederkommen. Der Oberteufel braucht Blut. Im Moment verhören sie den Stationsmeister."

Schon wollte ich nach meinen Kleidern greifen, doch eine Handbewegung gebot mir Einhalt.

„Bleiben Sie, wie Sie sind! Und ich laß mir etwas einfallen, wie wir das Spiel weitertreiben können."

Die Gefahr war folglich noch nicht ausgestanden.

Doktor Saul zögerte.

„Da ist noch etwas, was Sie beide wissen sollten. Malus ist zu einem Handel bereit. Wenn sich einer von Ihnen freiwillig bereiterklärt, ihm als lebendige Blutkonserve zu dienen, die er jeweils bei Bedarf anzapft, wird es derjenige oder diejenige nicht zu bereuen haben. Er kann, so sagt er, sehr großzügig sein. Er würde Sie zu seinem Ebenbild machen."

Doktor Saul wartete und sah mich an.

„Der arme Teufel!" sagte ich. „Es bricht mir das Herz."

Er seufzte und wandte sich an Ruth.

„Es ist eine Chance", sagte er.

„Nein!" sagte Ruth.

Doktor Saul verließ uns und schaltete die Operationsleuchte ab.

Und wieder waren wir allein.

Und wieder konnten wir nur warten.

Ich lag auf der Seite und ließ die Blicke schweifen. Unendlich langsam, aber unaufhaltsam wanderte der Stern über uns hinweg. Sein Licht lag auf Ruths Haut wie silberner Staub.

Ruth hatte die Augen weit geöffnet und ließ meine Blicke gewähren. Ein kaum merkliches Lächeln schwebte um ihre kühn geschwungenen, üppigen Lippen.

Sie war der erste W-Typ, den ich in unbekleidetem Zustand erlebte. Ich konnte mich nicht sattsehen.

Mein Blick wanderte gemächlich den langen, langen Weg der schlanken Beine entlang, legte eine erholsame Rast ein auf dem verheißungsvollen Schwung ihres Beckens, glitt dann weiter aufwärts und bettete sich in das sanfte Tal der herrlichen Brüste.

Ein Begehren, wie ich es noch nie verspürt hatte, wuchs in mir. Es wuchs und wuchs, bis es zum Verlangen wurde und mich zwang, eine Hand auszustrecken nach dem warmen Fleisch neben mir.

Ruth gab ein wohliges Stöhnen von sich, schlang ein Bein um mich und rutschte an meine Brust.

Sie sagte nur ein einziges Wort. Sie sagte:

„Du..."

*

4.

RUTH

Irgendwo im großen Haus schlug eine Uhr. Andere Uhren nahmen den Ruf auf und gaben ihn weiter wie eine geheimnisvolle Losung. Der Stern blinzelte mir zu. Mein Mund suchte Marks Lippen. Und in mir wuchs und wuchs und wuchs ein nie gekanntes Begehren.

Was geschah da mit uns, mit Mark als auch mit mir? Welche innere Macht, der zu widerstehen kein Wille stark genug war, bestimmte unser Tun? Wieso erregte es mich plötzlich, daß unser beider Zungen sich vereinigt hatten zu einem wilden, ungestümen Spiel? Ein uraltes Wissen im Blut hatte von mir Besitz ergriffen und ließ mich Dinge tun und hinnehmen, die mich nie jemand gelehrt hatte.

Marks rauhe Hände umspannten meine Brüste - zärtlich zunächst - doch dann mit wachsender Wildheit fester und fester, und sogar der leichte Schmerz, den sie mir dabei zufügten, trug dazu bei, mein rauschhaftes Glücksgefühl ins Unermeßliche zu steigern.

Das uralte Wissen regierte meinen Leib und trieb ihn dazu, die gewaltige Spannung zu zerbrechen, die mir prickelnde Schauer über die Haut jagte und die mein ganzes Ich im Verlangen nach Erlösung auf meinen Schoß konzentrierte, bis dieser sich aufbäumend auftat. In meinem Kopf, der zu keinem klaren Gedanken mehr fähig war, wetterleuchtete die Vision von einem Tor zum Paradies für dieses so hart gewordene andere Fleisch, das sich dem entgegendrängte. Und als dieses sich gleich darauf mit einem ungeduldigen Stoß Einlaß verschaffte, verwandelte sich die Vision in ein sprühendes Feuerwerk.

Wir verschmolzen in einer sowohl gewalttätigen als auch lustvollen Orgie. Anfangs glichen Marks Bewegungen zwischen meinen gespreizten Schenkeln einer sanften Liebkosung, aber allmählich wurden seine Stöße und seine Atemzüge schneller und hektischer, und im selben Rhythmus preßte sich ihm mein Schoß entgegen.

Eine Stimme war zu hören, die in monotoner Ekstase immer wieder die gleichen Laute stöhnte.

Doch erst als das andere Fleisch in dem meinen in einer zuckenden Entladung explodierte und zur Ruhe kam, ging es mir auf, daß die Stimme, die ich gehört hatte, meine eigene war. Und alles Glück und alle Wildheit schüttelten mich noch einmal in einem beseligenden, erlösenden Krampf.

Marks warmer Atem streifte mein Ohr. Er flüsterte etwas, ein Wort nur. Mark flüsterte:

„Du."

Und mit einem Gefühl hellsichtiger Klarheit wurde mir bewußt, daß er damit das eine Wort gefunden hatte, in dem alles enthalten, mit dem alles gesagt war.

Auf die Aufruhr des Fleisches folgte der Frieden einer tiefen inneren Stille. Mit offenen Augen lag ich da, lauschte dem tickenden Herzschlag der Wände und hielt stumme Zwiesprache mit dem Stern über der Kuppel, und Mark neben mir schien das Gleiche zu tun, bis seine Atemzüge tiefer wurden und gleichmäßiger.

Irgendwann fielen mir die Augen zu.

*

Ich erwachte mit einem Mordshunger und dem Gefühl von Veränderung.

Der Herzschlag der Wände war verstummt. Die Uhren tickten nicht mehr. Ich spürte, wie die Zeitlosigkeit wieder in meine Zellen kroch. Und als ich den Blick hob, um aus einem vagen Erinnern heraus meinen Stern zu grüßen, wölbte sich über der Kuppel die gewohnte Leere. Nichts fing meinen Blick auf. Nichts. Zum ersten Mal machte mich diese Leere schaudern.

Eine unbestimmbare Sehnsucht brannte in mir.

Aber dann sagte ich mir, daß es für mich keinen Grund gab, mit mir unzufrieden zu sein, weil nun alles wieder seine Richtigkeit hatte. Und daß es nur das Ticken und Schlagen der Uhren gewesen war, was mich fast hätte verleugnen lassen, was ich war: ein gestandener Kosmone, W-Typ.

Schwamm drüber!

Mein Kommandant schlief noch. Als er sich einmal rührte, entsann ich mich meiner unziemlichen Nacktheit und kleidete mich hastig an.

Dabei fragte ich mich, was wohl geschehen sein mochte, daß Doktor Saul sich nicht mehr blicken ließ. Hatte er uns vergessen, oder war ihm etwas zugestoßen. Die Situation, in der er uns zurückgelassen hatte, beunruhigte mich. Das Warten mußte ein Ende haben. Und vor allem benötigte ich ein kräftiges Frühstück: Brot, Spiegelei auf würzigem Schinken, dazu eine Kanne Kaffee.

War es meine Pflicht, den Kommandanten zu wecken? Hier war ich nicht im Dienst. Und das Gesetz von Cosmopol galt vielleicht mehr denn je: Jeder ist sich selbst der Nächste.

Auf leisen Sohlen, um mich keinen unbequemen Fragen stellen zu müssen, verließ ich unsere chromblinkende, nach Desinfektion duftende Arrestzelle und machte mich auf die Suche nach dem freundlichen Kerkermeister in Weiß. Aus dem Fenster warf ich einen Blick auf das Rampengelände. Das rote

Raumschiff stand noch immer da, aber von den Malusiten war nichts zu sehen.

Ich marschierte los.

„Doktor Saul!"

Im Labyrinth der Gänge und Laufbänder verhallte meine Stimme ohne Echo, als hätte es darin außer antiseptischer Stille nie etwas gegeben.

Aber so ganz ungehört verhallte mein Ruf dann doch nicht. Eine der vielen Türen fuhr plötzlich fauchend auf, und wie eine züngelnde Flamme schob sich ein feuerroter Overall über die Schwelle.

Einen Atemzug lang stand ich wie erstarrt.

Ein Paar glitzernder Schlangenaugen musterte mich von Kopf bis Fuß. Dann wandte der Malusit den Kopf.

„Eure Schlechtigkeit", schnarrte er, „mir scheint, ich habe da was für Euch, so ein richtiges Appetithäppchen!"

Er streckte seine Hand nach mir aus, und ich warf mich herum und rannte los.

Angst schüttelte mich. Ich rannte um mein Leben, und die Malusiten keuchten fluchend hinter mir her.

Eine Stimme wie ein Mülleimer, die ich schon einmal gehört hatte, machte die Wände erzittern:

„Ich brauche sie lebend! Schneidet ihr den Weg ab!"

Die trampelnden Schritte hinter mir wurden lauter. Ich flüchtete in einen Quergang und stellte gleich darauf mit höchstem Entsetzen fest, daß ich in eine Sackgasse geraten war. Der Gang endete vor einem Tor, auf dem ein grünes Dreieck prangte.

Für eine Weile mochte ich die Malusiten abgeschüttelt haben. Sie beratschlagten fluchend, bis der Mülleimer wieder losdröhnte:

„Los, los, die Quergänge absuchen!"

Mit blieb keine Wahl. Ich legte die Handfläche auf den Öffner. Das Tor gab einen leisen Glockenton von sich und fuhr auf. Ich trat über die Schwelle, und das Tor fuhr wieder zu.

Ich befand mich in einer anderen Welt.

*

Parklandschaften kamen auf Cosmopol nur in Märchen vor, und nie hatte ich so recht gewußt, wie ich sie mir vorstellen sollte. Mir war es ergangen wie einem Blinden, dem man von Farben erzählt. Doch nun war ich selbst die Alice im Wunderland. Ich kam aus dem Staunen nicht mehr heraus.

Das Übermaß an Schönheit ließ mich sogar die Gefahr vergessen. Es überwältigte mich. Es berauschte meine Sinne, verwandelte mich in einen Schwamm, der begierig alle diese neuen Eindrücke in sich aufsog.

Unter einem Himmel, der zu meinem Verwundern nicht einfach nur leer war, sondern blau und mit weißen ziehenden Tupfern gesprenkelt, wiegten sich im lauen Wind die Kronen gewaltiger Bäume. Und das melodische Zwitschern im Laub mußte wohl der Gesang von Vögeln sein.

Aber damit nicht genug - zu beiden Seiten des gewundenen Weges, der in den

Park hineinführte, empfing mich eine Blütenpracht von unbeschreiblicher Vielfalt, und ein Chor von summenden Bienen erfüllte die würzige Luft mit sanfter Musik.

Wie gern hätte ich diesem Frieden getraut. Mein Verstand ließ es nicht zu. Noch war ich nicht in Sicherheit.

Jeden Moment konnte das Tor hinter meinem Rücken aufgehen und meine Verfolger auf mich loslassen. Es war nicht zu erwarten, daß sie einfach aufgaben. Bei ihrer Suche mußten sie früher oder später auch auf den Kommandanten stoßen.

Dieser Gedanke kam mir flüchtig und weckte in mir kein Bedauern.

Auf jeden Fall mußte ich mich irgendwo verkriechen. Also holte ich tief Luft und stürzte los, in den Park hinein, bis die Seitenstiche mir so sehr zu schaffen machten, daß meine Schritte schleppend wurden. Japsend taumelte ich hinaus auf eine Lichtung, über der der Goldglanz eines fremdartigen gleißenden Gestirns lag.

Stehenbleibend sammelte ich Kraft und sah mich um.

Eine Ruhebank mit geschwungenen Seitenflügeln ließ darauf schließen, daß dieser lichte Fleck im Wald ein beliebter Rastplatz war. Aber dann war es weniger die Bank, was mein Auge fesselte und mir das Wasser im Munde zusammenlaufen ließ, als vielmehr der Baum auf der gegenüberliegenden Seite.

Ein Apfelbaum - über und über behängt mit rotwangigen Früchten. Bei diesem Anblick heulte mein knurrender Magen auf wie ein hungriger Wolf.

Alle Vorsicht außer Acht lassend, rannte ich hinüber. Einer der Äpfel befand sich in erreichbarer Höhe. Ich brauchte nur die Hand nach ihm zu heben, und er gehörte mir. Ich griff zu.

Meine Finger schlossen sich um ein Nichts.

Fassungslos versuchte ich ein zweites und ein drittes Mal. Es blieb dabei: Sobald sich meine Finger um den Apfel schlossen, griffen sie ins Leere.

Ein leises Lachen ließ mich entsetzt herumfahren.

„Davon wird keiner satt, mein Kind, glauben Sie mir. Alles nur Schein."

Auf der eben noch leeren Parkbank hatte sich, von mir unbemerkt, eine weißgewandete Frauengestalt von berückender Schönheit niedergelassen. „Alles nur Schein - der ganze verdammte Park samt Sonne, Mond und Sternen. Wie diese Äpfel da - schön anzusehen, aber ungenießbar."

Einen Atemzug dachte ich an neuerliche Flucht - aber dann war es der Klang der Stimme, der mir die Furcht vor der unbekannten Schönen nahm.

Die Stimme paßte nicht zum Bild.

Die unbekannte Dame auf der Parkbank war ebenso jung wie schön, doch die Stimme, mit der sie sprach, war geborsten wie die einer Greisin. Und auch das Lachen, mit dem sie meine Verwirrung quittierte, war das einer sehr, sehr alten Frau.

„Sie sind nicht von hier, Kindchen, das sehe ich Ihnen an. Aber darüber reden wir später, denn jetzt fragen Sie sich, wer und was ich bin."

Ein kleines, ironisches Lächeln spielte um ihren Mund.

„Nun, der erste Teil der Frage ist rasch beantwortet. Für die Astriden bin ich Thea, die Göttin der Erinnerung. Sie hegen und pflegen mein Gedächtnis, weil es das einzige hier ist, das bis zum Ursprung zurückreicht. Und damit mir ja nichts verloren geht von der Erinnerung, haben sich für mich diesen Park geschaffen."

Die Furcht war überwunden, mein Interesse geweckt. Ohne Umschweife erkundigte ich mich:

„Und zum zweiten Teil der Frage - wie lautet darauf die Antwort?"

Ihre Stimme zerfiel gleichsam zu Staub.

„Wer ich bin, wissen Sie jetzt, mein Kind. Aber was ich bin, frage ich mich selbst. Mit immer neuen Transplantationen sorgen sie dafür, daß ich in scheinbarer Alterslosigkeit bleibe. Das einzige, was von mir selbst noch vorhanden ist, ist das Gehirn. Sie werden sich hüten, daran zu rühren."

Eine gewisse Schwermut oder sogar Traurigkeit schien in den Worten zu liegen. Aber ich hörte nur mit halbem Ohr hin. Etwas beunruhigte mich - ein fremdartiges Geräusch. Ich fuhr herum - in der Erwartung, im Gebüsch die verhaßten feuerroten Overalls zu sehen. Ein neuerliches Auflachen der weißen Dame beschwichtige mich.

„Nur das Gurren einer Taube, mein Kind. Es ist genau so falsch wie die rotwangigen Äpfel, wie alles andere hier. Und nun gestehe ich Ihnen etwas." Das Gurren wiederholte sich. Die Dame auf der Bank lauschte ihm mit einem kleinen Lächeln, bevor sie weitersprach. „Bei aller Skepsis, die ich dieser Technik entgegenbringe, höre ich diese Liebesschwüre meiner gefiederten Freunde für mein Leben gern. Sie erinnern mich an alte Zeiten." Und weil ich mich unwillkürlich noch einmal umsah, fügte sie hinzu: „Und nun, mein Kind, frage ich Sie: Wovor fürchten Sie sich?"

Es konnte nicht verkehrt sein, mich ihr anzuvertrauen, entschied ich. Die Art und Weise, wie sie mir, der Fremden, begegnete, gefiel mir. Ich packte aus. Ich erzählte ihr von der Irrfahrt mit der SCOUT, die uns hierher geführt hatte, von der Einlieferung in die Quarantänestation, von Doktor Saul, vom roten Raumschiff mit den Angehörigen der Malus-Sekte, von meinem knappen Entkommen. „Ich dachte schon, jetzt haben sie mich - doch da war dann dieses Tor mit dem grünen Dreieck. Mir blieb keine andere Wahl", schloß ich. „So kam ich her. Aber die Malusiten werden nicht aufgeben. Ich muß weiter."

Die Dame, die ich in Gedanken bereits Thea nannte, winkte ab.

„Bleiben Sie! Hier sind Sie sicher. Die Malusiten meiden diesen Park wie der Teufel das Weihwasser."

Sie klopfte leicht auf den freien Platz neben sich.

„Setzen Sie sich zu mir, mein Kind. Wir wollen plaudern."

Als ich dann neben ihr saß, legte Thea einen Arm um mich.

„Vorhin, als wir unterbrochen wurden, lag Ihnen eine Frage auf der Zunge. Was war es? Fragen Sie ohne Umschweife. Denn um befragt zu werden, bin ich da."

Und so stellte ich ihr die Frage, von deren Beantwortung ich plötzlich alles Weitere abhängig machte. Ich fragte:

„Ist das wirklich wahr - Sie können sich an alles erinnern? Auch an das, was ganz früher einmal gewesen ist?"

Sie seufzte und nickte, und wieder meinte ich, darin Schwermut und Trauer zu spüren.

„Es ist gespeichert in meinem Gehirn - die ganze Vergangenheit. Und zu bestimmten Gelegenheiten kommen die Mitglieder des Hohen Rates von Astropol hierher, und ich muß ihnen von früher berichten."

„Von der Erde auch?"

„Von der Erde auch."

„Dann gibt es die Erde wirklich?"

Von der Seite her sah sie mich lange an.

„Zweifeln Sie daran? Dann sagen Sie mir doch, Kindchen, wer ist dieser kühne junge Mann, der da meint, er könnte wiederfinden, was bislang noch keiner wiedergefunden hat?"

Sie hatte den Nagel auf den Kopf getroffen, aber nun war mein Zweifel urplötzlich zerstoben wie ein schlechter Traum. Neue Zuversicht erfüllte mein Herz.

„Sein Name ist Mark Brandis", erwiderte ich bereitwillig, „und er ist Kosmone wie ich."

Selbst von der Freude überrascht, mit der ich an dieser Stelle den Namen aussprach, horchte ich auf. Mit dem Wind kam der hallige Schlag einer fernen Uhr gezogen, und Thea sagte:

„Hören Sie, Ruth? Die Zeit ist zu uns zurückgekehrt - die Zeit! Das heißt, der Stern muß aufgegangen sein. Denn immer, wenn er aufgeht, kommt mit ihm die Zeit. Doch dann, sobald er untergeht, wird alles wieder so zeitlos wie zuvor. Und Astropol dreht sich erneut im Nichts."

Die Uhr hatte aufgehört zu schlagen. Geblieben war ein Vibrieren im Blut. Es rief in mir widerstrebende Gefühle wach. Der Panzer aus kosmonischer Selbstsucht, in den ich seit meinem Erwachen zwischen den verstummten Wänden gegurtet war, zeigte Risse. Und durch diese hindurch schimmerte die Erinnerung an ein großes Glück. Plötzlich war ich wieder nackt und verwundbar - und das Wahnwitzige an diesem Zustand war, daß ich es gar nicht anders wollte. Und wenn ich soeben noch nur daran gedacht hatte, mich selbst in Sicherheit zu bringen, mußte ich jetzt an Mark denken, der allein und ahnungslos im OP zurückgeblieben war. Wie mochte es ihm ergehen, wenn die Malusiten auf der Suche nach mir in die Operationssäle einbrachen, wie sie das schon einmal getan hatten?

Bevor ich den Gedanken in aller Konsequenz zu Ende gebracht hatte, stand mir der kalte Schweiß auf der Stirn, war ich auf den Beinen.

Irgendwie brachte ich hervor: „Ich muß fort - jetzt gleich!"

Theas schlanke Hand lag federleicht auf meinem Arm.

„Irgendetwas macht Ihnen plötzlich wieder Angst. Ruth, wollen Sie sich mir nicht anvertrauen?"

Ein zweites Mal an diesem Tag wollte ich mich nicht ohne ein Wort der Erklärung davonstehlen. Und vielleicht konnte sie mir helfen oder doch wenigstens raten. Immerhin war sie Astridin, eine Einheimische, und kannte sich im klinischen Labyrinth sicher besser aus als ich.

„Es ist wegen Mark. Er weiß nicht, wo ich bin. Er wird sich Sorgen machen. Und ich weiß nicht, was mit ihm ist. Wenn ihn die Malusiten finden -"

Ich brach ab. Allein die Vorstellung macht mich krank vor Angst.

„Ich muß zu ihm."

Aber es war zu spät. Über den Gesang der Vögel und den summenden Chor der Bienen legte sich der Mißton brüllender und johlender Stimmen. Der Frieden, in dem ich mich gewähnt hatte, war auf brutale Weise jäh zerstört. Entsetzen schnürte mir die Kehle zu. Ich keuchte:

„Sie sind da! Die Malusiten kommen hierher!"

Thea blieb die Ruhe selbst.

„Sie haben das Tor gefunden und geöffnet. Und jetzt feuern sie sich gegenseitig an und trauen sich nicht weiter. Ich kenne das, glauben Sie mir. Sie werden auch wieder abziehen." Wie sehr sie dieses Gesindel mit den roten Overalls verachtete, war deutlich zu spüren.

„Trotzdem", beharrte ich, „ich muß zu ihm!"

Ihre Hand gab mich nicht frei.

„Und an sich selbst, Kind, denken Sie nicht?"

„Wie", fragte ich verzweifelt, „könnte ich jetzt an mich selbst denken? Mark ist in Gefahr."

„So sehr lieben Sie ihm?"

Mir war, als sprächen wir aneinander vorbei. Entweder begriff sie meinen Beweggrund nicht - oder ich verstand den Sinn ihrer Frage nicht.

„Thea, um Himmels willen, wovon reden Sie? Was meinen Sie mit Ihren Worten. Was soll das sein: Liebe?"

„Oh, Kindchen, Kindchen!" Ihre Augen forschten in meinem Gesicht. Und ungeachtet der Aufregung, in der ich mich befand, nahm ich wahr: Die Augen waren jung und so klar wie ein Diamant, aber der abschätzende Blick daraus war alt, erfahren und müde. Und je länger sie mich musterte, desto mehr zeigten sich darin Verständnis und Mitgefühl.

„Ich habe wohl einen Augenblick nicht daran gedacht, woher Sie kommen und was Sie von mir unterscheidet. Verzeihen Sie mir! Woher sollen Sie wissen, wovon ich spreche, wenn Sie doch Ihr ganzes Leben außerhalb der Zeit verbracht haben. Ohne diese, ohne die Zeit, sind Sie unsterblich - wenn auch auf eine andere Art als wir Astriden. Und zugleich sind Sie arm dran - betrogen um das höchste aller Güter."

Noch immer sprach sie für mich in Rätseln. Ich hatte genug davon. Ich wand mich in ihrem Griff, doch es wollte mir einfach nicht gelingen, mich zu befreien. Die federleichte Hand hielt mich gefangen wie ein Magnet. Nun, dann sollte diese Thea wenigstens erfahren, was ich von ihrem Gerede hielt.

„Ich pfeife auf die verdammte Zeit! Ich brauche sie nicht. Ich will sie nicht. Zeit macht vergänglich."

Die jungen Augen mit dem alten Blick blieben unverwandt auf mich gerichtet, aber plötzlich stand darin das ferne Leuchten seliger Erinnerung.

„Aber diese Vergänglichkeit, mein Kind, trägt eine wunderschöne Blüte. Das ist die Liebe."

Ob ich wollte oder nicht, ich fühlte mich von Theas einfachen Worten in Bann geschlagen. Und dagegen wehrte ich mich.

„Trotzdem", sagte ich, „ich will das nicht. Ich bin Kosmone. Ich will die Zeit nicht, und schon gar nicht will ich die Vergänglichkeit!"

Thea beantwortete meinen Ausfall mit einem nachsichtigen Lächeln.

„Dann sag mir nur noch eins, Kindchen. Sag mir, weshalb du ausgerechnet jetzt mit aller Gewalt zu ihm willst!"

Noch bevor ich eine Antwort gefunden hatte, mit der ich Thea nicht recht gegeben hätte, legte diese erneut den Arm um mich.

„Und jetzt kommen Sie! Es gibt noch einen anderen Weg."

*

Thea führte mich zu einem Gartenhäuschen. Sie öffnete die Tür. Das Licht fiel auf einen feuerroten Overall. Mit einem Aufschrei prallte ich zurück.

Thea beschwichtigte mich sofort.

„Keine Angst, Kindchen. Raffael ist nicht wie die anderen, auch wenn er sich in einer schwachen Stunde der Malus-Bande angeschlossen hat. Im Herzen ist er geblieben, wie er war: ein anständiger Astride. Er wird Sie sicher zu Ihrem Mark geleiten." Sie mochte spüren, daß ich zögerte, und fügte hinzu: „Sie dürfen sich ihm bedenkenlos anvertrauen. Nicht wahr, Raffael?"

Raffael legte eine Hand vor die Brust.

„Es wird mir eine Ehre sein."

Sowohl sein gewinnendes Lächeln als auch der Wohllaut seiner Stimme waren Öl auf die Wogen meiner Abscheu.

Es ging um Mark, und die Zeit rannte mir davon. Der Weg zurück war voller Heimtücke und Gefahren. Ich mußte mich entscheiden. Und so faßte ich diesen Malusiten, dem ich mich ausliefern sollte, näher ins Auge.

Was mir auf Anhieb auffiel, war die lässige Eleganz, mit der er den Overall trug, der sich um seine breiten Schultern spannte. Der Overall, so wie er ihn trug, war kein Uniformstück. An seiner hohen, schlanken Gestalt wirkte er wie das Gewand zu einem Fest, welches mittlerweile schal geworden war. Zu diesem ersten Eindruck paßten die dunklen Augen in dem bleichen Gesicht. In ihnen lagen müde Trauer und leichte Ironie.

„Nun", erkundigte sich Raffael mit unverändertem Wohllaut, „darf ich hoffen, die Prüfung bestanden zu haben? Falls ja, würde ich raten, sofort aufzubrechen. Die Umstände können nur ungünstiger werden."

Zwiegespalten zögerte ich noch immer. Ich stand vor einer gefährlichen Wahl. Da waren Rafaels gewinnendes Wesen, seine kultivierte Wortwahl und sein bestechender Charme - aber da war auch der rote Overall, der ihn auswies als zu Malus' verkommener Horde gehörig. Durfte ich es wagen, mein Schicksal als auch das von Mark in seine Hand zu legen, in die Hand eines Malusiten, dem nichts auf der Welt heilig sein durfte?

Die Hand nach mir ausgestreckt, wie um mir über die Schwelle zu helfen, stand er geduldig und abwartend da - im Blick die unbestimmbare Trauer und die zynische Weltverachtung eines gefallenen Engels.

Thea entschied für mich. Sie stieß mich an.

„Raffael hat recht. Beeilen Sie sich, Kindchen. Und kommen Sie mit Ihrem Mark bald zurück. Vergessen Sie nicht: hier sind Sie in Sicherheit. Aber, um Himmels willen, machen Sie schnell!"

Ich stolperte über die Schwelle, und das Gartenhäuschen bekam urplötzlich durchlässige Wände und zerrann zu Nichts. Vor mir gähnte ein schwach beleuchteter Einstieg in den klinischen Maschinentrakt.

Raffaels kräftige Hand fing mich auf.

„Leise! Kein Wort! Und nun - folgen Sie mir!"

*

Allein wäre ich verloren gewesen in diesem Labyrinth der schweigsamen Gänge mit den geheimnisvollen Türen. Ob es dahinter Leben gab in der Gestalt schaffender Astriden, blieb mir verborgen. Der ganze riesige klinische Komplex kam mir rätselhaft und unbegreiflich vor. Ich wußte nur, daß er für Astropol und seine Bewohner die unverzichtbare Werkstatt war für die unaufhörliche Erneuerung und Verlängerung von physischer Existenz - doch wo blieben die Patienten und wo die Operateure mit ihrem unvermeidlichen Gefolge?

Irgendwann riskierte ich es, Raffael danach flüsternd zu fragen.

Auch seine Antwort kam geflüstert:

„Angst. Sie haben sich alle verkrochen." Seine schlanken Finger zupften am Overall. „Vor dem hier."

Der Stolz, mit dem er das aussprach, gehörte wohl auch zu seinem Wesen.

„Und Doktor Saul?" forschte ich weiter.

„Doktor Saul muß im Dienst bleiben - ob er will oder nicht. Sonst wäre er als Erster dran. Malus, Seine Schlechtigkeit, bedarf manchmal seiner Dienste."

Mehr gesprochen wurde nicht. Dann und wann blieb Raffael stehen, um zu spähen oder zu lauschen - und jedesmal winkte er mich danach weiter. Unbemerkt erreichten wir die Station von Doktor Saul.

Dort war es mit unserem Glück zu Ende.

Ein Aufzug hielt und spie ein halbes Dutzend Malusiten aus. Raffael reagierte wie ein Blitz. Noch bevor seine Kumpane uns entdeckt hatten, schob er mich in den OP-Saal, aus dem heraus ich zu meiner Odyssee aufgebrochen war.

„Psst! Ich komme wieder, oder ich schicke Ihnen Doktor Saul."

Die Tür fuhr zu. Mark und ich waren allein. Mark trug seinen Bordanzug.

„Wo zum Teufel treibst du dich 'rum?" erkundigte er sich ungnädig. „Daß ein blöder Kosmone wie ich sich um dich Sorgen machen könnte, ist dir wohl überhaupt nicht in den Kopf gekommen. Gerade wollte ich los, um dich zu suchen."

Sein berechtigter Zorn machte mich kleinlaut. Und außerdem zitterten mir die Knie.

„Ich habe nur gedacht, ich könnte für dich und mich ein Frühstück auftreiben", vereinfachte ich die Auskunft.

Seine Augen bekamen Glanz.

„Und?"

„Was und?"

„Bist du fündig geworden?"

„Die Astriden scheinen eine Poplulation von Nichtessern zu sein. Aber ich habe etwas anderes gefunden, was viel besser ist. Wenn Raffael zurückkommt..."

Die Tür fuhr auf, aber nicht Raffael trat ein, sondern ein bedrückt wirkender Doktor Saul.

„Alles ist abgeriegelt - Gänge und Aufzüge. Sie suchen jetzt jeden Quadratmeter ab, Malus ist am Kochen. Er hat sich noch einmal den Stationsmeister vorgenommen, persönlich. Sie werden auch hierher kommen. Und ein zweites Mal werden sie auf unseren Bluff nicht hereinfallen."

Doktor Saul warf Mark einen raschen Blick zu.

„Haben Sie eine Waffe?"

Mark wies ihm zwei leere Hände vor.

Doktor Saul schüttelte den Kopf und öffnete seufzend einen Wandschrank.

„Das heißt: Jetzt liegt es an mir. Ich muß mir etwas Glaubhaftes einfallen lassen, und das ist nicht leicht."

Noch während er sprach, zog er eine Spritze auf.

„Legen Sie die Kleider wieder ab und strecken Sie sich aus wie zuvor!" Sein Blick flog zu mir herüber. „Na los - Sie auch!"

Und als er bemerkte, wie ich vor der Spritze zurückwich, beeilte er sich, sein Vorhaben zu erklären.

„Keine Angst. Ich weiß, was ich tue. Die Injektion wird Sie für eine Weile scheintot machen. Kein Herzschlag, kein Puls, keine Atmung. Eine verpatzte Operation. Für die Malusiten dürften Sie dann wertlos sein. Also, mit wem fange ich an?"

Mark nickte und streckte sich aus. Doktor Saul legte ihm die Aderpresse an, und die Nadel senkte sich in das Fleisch.

Mark seufzte einmal und wurde stumm und starr.

Doktor Saul zog die nächste Spritze auf und beugte sich dann über mich.

„Und jetzt Sie!"

Die Tür fuhr wieder auf. Der Raum füllte sich mit roten Overalls.

*

5.

Ich war tot gewesen, aber nun wollte ich leben, und um das zu tun, wühlte ich mich aufwärts durch die zähen Schichten eines abgrundtiefen Moores, höher und immer höher, bis dann die letzte Schicht kam, die zäheste von allen, die Schicht, die mich nicht freigeben wollte und in der ich meinem Großmeister gegenüberstand und seinen bekümmerten Blick auf mir lasten spürte, während er auf gewohnte Weise und mit Bedacht seine Worte wählte.

„Ich habe Sie gewarnt, Brandis. Mit der Zeit läßt sich nicht spielen. Sie unterschätzen ihre Wirkung und stehen nun im Begriff, sich selbst abtrünnig zu werden. Es besteht die Gefahr, daß Sie sich unrettbar verlieren."

Und ein neues Gefühl, das warm in mir brannte, zwang mich, ihm meine Erfahrung entgegenzuhalten:

„Was ich gewonnen habe, wiegt alles auf."

Die weiße Hand des Großmeisters wehte federleicht durch die Luft.

„Sie sind voreilig, Brandis. Sie haben von der anderen Dimension gekostet und sind jetzt davon berauscht. Der Katzenjammer wird sich einstellen, sobald Sie entdecken, daß der Preis Ihre Unsterblichkeit ist. Noch können Sie sich entscheiden, ob Sie diesen Weg wirklich zu Ende gehen wollen."

Nie hatte der Großmeister so mit mir gesprochen, so nachsichtig und so verständnisvoll. Was verschaffte ihm diesen Einblick in mein Innerstes? Eine neue Note schien in seinen Worten zu schwingen, die Sorge des Vaters um den abgeirrten Sohn.

Aber es war ja nur ein Traum, und ich kämpfte noch immer mit der letzten Moorschicht, die zäher war als alle anderen. Und mitten in dieser letzten gewaltigen Anstrengung wurde ich ganz ruhig und verlor jeden Zweifel.

Da war der gewohnte Raum, da war die Vitrine mit den Reliquien, und da war über unseren Häuptern die krönende gläserne Kuppel vor dem unendlichen Nichts. Und wie immer war der Großmeister in die Würde seines Amtes gehüllt.

„Bedenken Sie, Brandis, daß Sie, daß wir alle hier - mich einbegriffen - für das, was wir sind, bitter bezahlt haben. Wir haben bezahlt mit dem Verlust von Vergangenheit und Erinnerung. Wir sind geschichtslose Kosmonen. Setzen Sie das nicht leichtfertig aus Spiel!"

„Aber - "

„Still, Brandis! Glauben Sie mir, Sie können mir nichts über sich sagen, was ich nicht bereits weiß. Hören Sie auf meinen Rat und mißtrauen Sie der Zeit. Die Zeit hat keinen Bestand."

„Aber - "

Die Hand des Großmeisters sank auf meine Schulter.

„Nur eines hat Bestand. Das ist die Zeitlosigkeit. Sobald Sie den Fuß auf den Planeten Erde setzen, wird es Ihnen aufgehen, wie recht ich habe. Und damit Sie meine Warnung nicht wieder vergessen, sondern sie immer beherzigen, werde ich Ihnen zusätzlich zur Uhr, die ich Ihnen schenkte, noch dies auf den Weg geben."

Mit diesen Worten überreichte er mir einen wildledernen Tabakbeutel, der mit etwas gefüllt war.

„Öffnen Sie!" sagte der Großmeister. „Sehen Sie nach!"

Der Inhalt des Beutels bestand aus einem graubraunen Pulver. Etwas davon zerrieb ich zwischen den Fingerspitzen. Der Großmeister bemerkte:

„Das würde Ihr Schicksal sein, Brandis, wenn Sie den Weg, vor dem ich Sie warne, weitergehen."

Und als spürte er, daß er mich mit dieser Erklärung vor ein weiteres Rätsel gestellt hatte, fügte er hinzu:

„In der Bibel ist es Ursprung und Ende - ein anderes Wort für Vergänglichkeit."

Ein kurzes Zögern, dann sprach der Großmeister das Wort aus:

„Erde."

Die letzte Moorschicht tat sich endlich auf und ich tauchte auf in das klare Licht eines anderen Tages. Mein Erwachen wurde begleitet von einem kehligen Lachen.

Mein Erinnern setzte ein. Ich war in Astropol. Und ich lang hüllenlos auf einem OP-Tisch und kämpfte mit der Nachwirkung der erhaltenen Injektion. Und dicht neben mir war das Lachen zu hören. Mein Kopf fuhr herum.

Ich war nicht allein. Auch die Frau, die neben mir lag, war nackt, aber ....

„Du bist nicht Ruth!" stellte ich fest.

Das kehlige Lachen schüttelte die sterile Unterlage.

„Du merkst auch alles. Ich bin Tamara."

„Was willst du?"

„Dasselbe wie Ruth."

„Aber ich will dich nicht. Ich will Ruth."

„Ich bin besser."

„Ich will Ruth."

„Vergiß sie!"

„Warum soll ich Ruth vergessen?"

„Weil sie dich verlassen hat."

„Aber ich brauche sie."

Ihr Lachen war eine Herausforderung. Es brachte mein Blut zum Sieden. Das Lachen und der Anblick, den Tamara mit ihren frechen, spitzen Brüsten bot, war geeignet, Tote lebendig zu machen. Auf einmal war ich hellwach. Irgendwo in dem Gebäude begann eine Uhr zu schlagen. Aber das berührte mich nicht so sehr wie der Blick, den Tamara über meinen Körper wandern ließ. Der Blick war fühlbar wie eine tastende Hand.

„Ich werde dir zeigen, was du brauchst." Der Blick tastete mich weiter ab, glitt tiefer und blieb plötzlich haften. Eine magische Kraft ging aus von Tamaras nachtdunklen Augen. Und plötzlich gab es für mein Verlangen kein Halten mehr; machtvoll, schamlos trieb es mich zur Auslieferung auf Gedeih und Verderben. Ruth war nur noch der Schatten einer fernen Erinnerung, und als die Uhr plötzlich mitten im Schlag verstummte, war mein Gefühl für Ruth gerissen wie eine überlastete Trosse.

Tamaras Hand war geschickt wie die eines Jongleurs, als sie mit meiner Erregung spielte. Vergleichbares hatte es für mich nie gegeben. Ich spürte, wie Tamara Macht über mich gewann, und ich ließ es geschehen, ohne nach dem Preis zu fragen. Tamara merkte es und ließ mich ihr verführendes Lachen hören. Und ich wünschte für diesen Augenblick die Ewigkeit herbei. Für einen Genuß ohne Ende. Und das wurde nicht anders, als ich mich irgendwann verströmte mit einem beseligten Seufzen.

*

Daß ich Tamara mit Haut und Haaren verfiel, geschah wohl in diesem Augenblick. Sie wurde zur Droge in meinem Blut. Allein der Gedanke an sie, an ihren schlanken, alabasterfarbenen Leib mit den kecken Brüsten reichte aus, um mich hochgradig zu erregen. Sie spürte das und vergalt es mir auf ihre unnachahmliche Weise, wobei sie immer neue Variationen ersann. Unser Verhältnis war vergleichbar mit dem einer Künstlerin und ihrem Instrument. Und, bei allen Himmeln, sie beherrschte ihr Instrument.

Ich kostete das weidlich aus, doch obwohl sich unsere Körperspiele mehr und mehr bis zum Wahnsinn steigerten, blieb etwas in mir leer und unbefriedigt und ließ mich eine unbestimmbare Sehnsucht empfinden nach etwas, was ich einmal kurz besessen und sofort wieder verloren hatte. Aber es wollte mir nicht gelingen, den Finger darauf zu legen.

Doch damals, als ich nach diesem ersten Akt des Wahnsinns wieder zu mir kam, blieb mir der Blick in die Zukunft versperrt, denn Tamara hockte rittlings auf meinem Bauch, und im Achat ihrer schrägen Augen funkelten violette Lichter.

„Bin ich gut?"

„Unübertrefflich", bestätigte ich.

„Aber du", beklagte sie sich, „bist eine einarmige Krake. Hast du Angst vor Dieben, daß du die rechte Faust nicht aufbekommst?"

„Wieso?"

„Zeig vor!"

Mehr zum Spaß als im Ernst legte ich die rechte Hand vor sie hin und öffnete die Faust. Doch für den wildledernen Tabakbeutel, der dabei zum Vorschein kam, fehlten mir die Worte. Nur mein Traum fiel mir ein.

Tamara zog die Stirn kraus, und ihre nächste Frage hörte sich an wie die einer Gouvernante.

„Wo kommt das her - so plötzlich?"

„Von meinem Großmeister - als eine Art Geschenk. Es soll mir helfen, immer die rechte Entscheidung zu treffen."

„Und was ist drin?"

„Nur eine Prise Erde", antwortet ich wahrheitsgemäß und spürte das Zucken, das dabei durch ihren Leib lief.

Tamara schnappte mir den Beutel aus der Hand und schnupperte.

„Erde? Heißt das, du warst da?"

Die Gier in der Stimme hätte mich warnen müssen. Ich blieb arglos.

„Ich bin auf dem Weg."

„Und den kennst du?"

„Ich meine, ich finde ihn."

Auf meinem Bauch setzte sich ihr Becken in kreisende Bewegungen. Das gefiel mir, und sie ließ es mich auskosten. Und als mein Verlangen spürbar neu erwacht war, sagte sie:

„Das kann eine lange Reise werden. Mit mir zusammen würdest du nicht unter Langeweile zu leiden haben."

Sie sagte es - und noch bevor mir dämmerte, was sie mir da anbot, ließ sie sich geschmeidig auf den Fußboden gleiten, warf sich ein Laken um die Schultern und entschwand im Waschraum. Fast zugleich fuhr die andere Tür auf, und Doktor Saul trat ein.

Bei aller Erleichterung, mich wohlbehalten vorzufinden, machte er einen niedergeschlagenen Eindruck. Wortlos fühlte er mir den Puls, leuchtete mir mit der Stablampe in die Pupillen, maß meinen Blutdruck und überprüfte meine Reflexe. Schließlich bemerkte er:

„Nun, wenigstens was, Brandis! Sie sind wieder so weit in Ordnung, daß Sie Bäume ausreißen können. Aber es gibt auch eine schlimme Nachricht - eine sehr schlimme Nachricht."

Als er, bevor er sie aussprach, die Augen schloß, wußte ich, daß er irgendwelche Bilder heraufbeschwor, die mir verborgen blieben.

„Was Sie angeht, Brandis", hob er dann an, „so hat mir Malus die Mär von einer eingeschleppten gefährlichen Seuche abgenommen. Er nahm Ihren Tod hin als eine Tatsache. Aber im zweiten Fall war ich nicht schnell genug mit der Spritze, um auch Ihre Co-Pilotin zu retten."

Doktor Saul verstummte und ließ den Rest dessen, was er zu sagen hatte, tonlos im Raum schwingen. Erst als er sich gefaßt hatte, kam er damit heraus.

„Ich konnte es nicht verhindern. Die Malusiten haben sie mitgenommen."

Er sah mich an, und ich ahnte, daß er sich bereithielt, mir mit seiner ärztlichen Kunst zur Seite zu stehen, falls ich zusammenbrach oder durchdrehte.

Nichts dergleichen hatte ich ihm zu bieten. Meine Reaktion spielte sich dort ab, wohin sein Blick nicht reichte - in meinem Inneren.

Mein Verstand behauptete, daß ich mich nach Erhalt dieser Nachricht entsetzt zeigen müßte, voller Schmerz und Trauer, aber kein vergleichbares Gefühl stellte sich ein. Es ging mir rund herum gut, und ich konnte die Mitteilung hinnehmen mit dem gewohnten Gleichmut des Kosmonen. Und wenn ich als solcher das Geschehen konsequent durchdachte, lief alles darauf hinaus, daß ich außer Gefahr war. Malus und seine Horde waren abgerückt.

Mir kam eine Idee.

„Bitte Doc - lassen Sie mich allein."

Er nickte mit tiefem Verständnis.

„Sie wissen, wo ich zu finden bin."

In der offenen Tür drehte er sich noch einmal um.

„Es kann demnächst etwas unruhig werden. Der Hohe Rat will, daß das chaotische Eigenleben der Uhren, wie Sie das hier erlebt haben, einer neuen Ordnung weicht. Die Zeit soll jetzt dauerhaft etabliert werden. Man muß auch mal praktisch denken."

Dann war Doktor Saul fort, und ich zog die Tür zum Waschraum auf und sagte:

„Die Luft ist rein. Komm raus!"

Aber das alte hemmungslose Begehren stellte sich nur zögernd ein. Stattdessen machte mich ein Empfinden, etwas sehr Wertvolles verloren zu haben, wortkarg und nachdenklich. Eine nervöse Unruhe vibrierte in mir - nur zu vergleichen mit jener, die mich gezwungen hatte, mein beschauliches Dasein auf Cosmopol einzutauschen gegen das Risiko eines Aufbruchs ins Ungewisse. Wieder einmal konnte ich nicht den Finger auf die wunde Stelle legen.

Vor dem Spiegel hielt ich Zwiesprache mit mir selbst. An meiner Erscheinung war nichts verändert - abgesehen vom Umstand, daß ich dringend einer Rasur bedurfte. Trotzdem - kam es mir nur so vor, oder war es eine Tatsache: daß es in mir so etwas gab wie einen Bruch, daß ich zwei grundverschiedene Leben lebte? Irgendwie schien es eine Verbindung zu geben zu den warnenden Worten des Großmeisters. Sollte es wirklich so sein, daß ich Gefahr lief, mich zu verlieren? Ich mußte auf der Hut sein, und ich mußte das auslösende Moment finden.

Und dafür mußte ich zunächst den Staub von Astropol von meinen Schuhen abschütteln und in die unendliche Welt der glasklaren Gedanken zurückkehren, in der ich beheimatet gewesen war. Astropol mit seinen verwirrenden Gezeiten war schuld an meiner chaotischen Verfassung. Kritisch betrachtet war ich in dieser Verfassung weder Fisch noch Fleisch.

Dieser Zustand sollte ein Ende haben.

Laut sagte ich: „Püppchen, sieh zu, daß du in die Klamotten kommst! Ich will weiter."

Ohne langes Überlegen hatte ich damit die Entscheidung getroffen, die Tamara von mir erhoffte und erwartete.

Ich war überzeugt, ohne sie nicht mehr auskommen zu können. Was zum Teufel hatte man als Kosmone (M-Typ) von der ganzen verdammten Unsterblichkeit, wenn sie einem das vorenthielt, was mich schon wild machte, wenn ich nur daran dachte?

Die Versuchung des Zweifels war ausgestanden. Tamara hatte recht: Die Reise würde bestimmt nicht langweilig werden.

Ich machte noch einmal kehrt, nahm den Beutel vom OP-Tisch und steckte ihn ein. Sein Duft weckte in mir eine verschwommene Erinnerung.

*

6.

Mit dem Rückzug der Malusiten war wieder emsiges Leben und Treiben in die Klinik eingezogen. Doktor Saul empfing mich mit dem Ausruf:

„Machen wir's kurz!"

Er wurde benötigt. Nach der erzwungenen Unterbrechung des klinischen Ablaufes stand ein neuer Transplantationsschub bevor. Mit einer matten Handbewegung zur nächsten Wanduhr hin, an der gerade gearbeitet wurde, bat Doktor Saul um Nachsicht.

„Mit der Gemütlichkeit ist es damit wohl endgültig vorbei", klagte er. „Dem Hohen Rat war das nicht ganz klar, daß man sich mit der Zeit auch die Hast ins Haus holt." Er grinste. „Aber schon fragt man sich, was wohl schwerer zu ertragen ist - dies oder der Zustand, den uns Janus beschert hat."

Sofort erbarmte er sich meiner Verständnislosigkeit.

„Der neue Stern. Ich habe ihn Janus getauft nach der römischen Gottheit mit den zwei Gesichtern. Wenn Sie mich fragen, ich hätte auf das Durcheinander, das er auf Astropol angerichtet hat, verzichten können."

Sein Blick wurde berufsmäßig prüfend.

„Wenn mich nicht alles täuscht, macht das Janussyndrom auch Ihnen zu schaffen - vielleicht noch mehr als allen anderen hier."

Was er mit der Bezeichnung Janussyndrom belegte, machte mir im Augenblick mehr als nur zu schaffen. Im Augenblick machte mich das chaotische An und Aus der Uhren und damit der Zeit garadezu krank. Von einem Extrem fiel ich ins andere - vom kosmischen Gleichmut in abgrundtiefe Verzweiflung und wieder zurück. Ich litt. Doktor Saul mißdeutete den Ausbruch von kaltem Schweiß auf meiner Stirn, denn er sagte:

„Vielleicht beruhigt es Sie ein wenig zu erfahren, daß Ihre entzückende Co-Pilotin nicht ganz verlassen ist. Raffael kümmert sich um sie."

Wiederum zeigte ich Verständnislosigkeit.

„Raffael", sagte Doktor Saul, „ ist kein Malusit wie die anderen. Er stammt von hier, er ist Astride. Seine Wiege ist eine Zelle von unserer verehrten Göttin der Erinnerung, Thea. Eigentlich war er geplant als ihr verjüngtes Ebenbild. Aber etwas ging schief. Er wuchs heran, und eines Tages schloß er sich den Malus-Jüngern an - nur so, um etwas zu erleben. Aber im Kern ist er der anständige Bursche geblieben." Doktor Saul quetschte meine Hand. „Nun, ich muß ins OP, und Sie wollen weiter. Viel Glück!"

„Und Ihnen, Doc", erwiderte ich, „nochmals meinen Dank. Sie haben viel für uns riskiert."

„Leider nicht genug", erwiderte er, „nicht genug."

Vor der Klinik erhob sich Lärm. Doktor Saul runzelte die Stirn.

„Nichts was Sie angeht, Brandis. Die Malusiten haben einen der ihren vergessen. Oder er war zu betrunken. Jedenfalls haben ihn unsere Jungs aufgestöbert, und ich möchte jetzt nicht in seiner Haut stecken."

„Was wird mit ihm geschehen?" erkundigte ich mich.

Doktor Saul hob die Schultern.

„Er bekommt, was er verdient. Sie werden ihm umbringen. Aber das ist wirklich nicht länger Ihre Sache, Brandis."

Mit flatterndem weißen Kittel eilte er davon, und ich blieb zurück, bemüht, mir seine Erscheinung einzuprägen. Aber das gelang mir nicht.

Der Lärm vor der Klinik schwoll an, und ich meinte, etwas Feuerrotes, geduckt und flink wie eine Ratte, vor dem Fenster vorüberhuschen zu sehen. Ihr folgte eine Schar brüllender Astriden mit geschwungenen Planierschlägern und erhitzten, verzerrten Gesichtern - und ich frage mich, wo alle diese Superkerle gesteckt haben mochten, als der rote Raumkreuzer noch unübersehbar auf der Rampe stand.

Nun - Doktor Saul hatte es ausgesprochen: Mich ging das nichts an. Im übrigen hatte ich genug zu tun mit mir selbst. Was ging mit mir vor? Jedesmal, wenn ich schon glaubte, die Antwort gefunden zu haben, machte mir eins von diesen heiß-kalten Wechselbädern des Janussyndroms einen Strich durch die Rechnung.

Nur so viel stand fest: Um der Zeit samt ihren verheerenden Wirkungen zu entrinnen, blieb mir nicht mehr all zu viel Zeit. Im Gegenteil: die Zeit drängte.

*

Tamara hatte einen überzähligen Bordanzug gefunden und übergezogen, und wie sie sich darin auf dem Sessel des Co-Piloten reckte und räkelte, brachte einmal mehr mein Blut zum Sieden.

Das Lächeln, mit dem sie mich empfing, versprach eine auf jede Weise unterhaltsame Reise.

Ganz kurz nur zog es mir durch den Sinn, daß ich außer ihrem Namen so gut wie gar nichts von ihr wußte - und noch weniger, weshalb sie sich auf diese überraschende Weise mir angeschlossen hatte. Aber sie danach zu fragen, mochte zur Folge haben, daß sie mich verließ. Und das wollte ich am wenigsten. War das verrückt?

Na schön, dann war ich eben verrückt.

Sie las in mir offenbar wie in einem offenen Buch, denn sie quittierte meine Überlegung mit ihrem aufreizenden kehligen Lachen.

„Mach schon, mein Kommandant!"

Ich überprüfte die Armaturen und hob die Hand, um über meinem Kopf den roten Knopf zu drücken, der den automatischen Countdown auslöst, als mein Blick plötzlich an einem fernen Glitzern hängenblieb, das es eben noch nicht gegeben hatte. Janus schob sich über den Horizont - und ich warf den Gurt wieder ab und stürzte zum Ausstieg. Tamaras Stimme erreichte mich, als ich ihn gerade entriegelt hatte.

„Mark - was soll das heißen?"

Vor meinem inneren Auge war ein anderes Gesicht aufgetaucht - ein Gesicht mit warm blickenden seegrünen Augen, die auf mich warteten.

„Ich muß zuvor noch rasch etwas klären!" schrie ich zurück. Dann polterte ich die Metallstufen der Gangway hinab und rannte zur Stationsmeisterei.

Ich war noch nicht ganz eingetreten, als die große Uhr am Tower zum Leben erwachte und nach einem Schnarren der Entrüstung zu ticken anhob. Und obwohl ich das nur mit halbem Bewußtsein wahrnahm, weil ich verging in Sorge und hilfloser Verzweiflung, spürte ich, wie sich mein Herzschlag und mein Puls veränderten und dem Rhythmus der verrinnenden Zeit anglichen.

Die Malus-Horde hatte Ruth in ihre Gewalt gebracht und verschleppt - aber wohin waren sie, nachdem sie Astropol verlassen hatten, geflogen?

Ich stieß die Tür auf.

„Wo sind sie hin?"

Der Stationsmeister hörte es, und er spürte meine Hände, als ich mich über ihn beugte, um ihn auf den Rücken zu legen. Mit letzter Kraft schlug er noch einmal die Augen auf. Seine blutigen Lippen bewegten sich.

„I..."

Danach begann er zu wimmern. So wie die Malusiten ihn zugerichtet hatten, war es ein Wunder, daß er überhaupt noch lebte.

Das Heulen einer Ambulanz ließ sich vernehmen und kam rasch näher. Wenn ich noch etwas erfahren wollte, mußte es sofort geschehen. Ich kniete mich hin.

„Bitte!" flehte ich. „Bitte! Ich muß es wissen."

Er nickte fast unmerklich, und ich spürte, wie er noch einmal Kraft sammelte. Und dann bewegten sich seine Lippen.

„I - S - S." Er kämpfte um das letzte Wort. „Eins - eins - drei."

ISS 113? Zum ersten Mal hörte ich davon. Mit dieser Angabe allein konnte ich nichts anfangen.

„Was soll das sein und wo? Reden Sie!"

Sein Blick wanderte hinüber zum Computer.

„Programm!", bekam er gerade noch heraus, bevor er in den Abgrund der Bewußtlosigkeit fiel.

Malus und seine Jünger mußten sich so sicher gefühlt haben, daß sie es unterlassen hatten, die angestellten Berechnungen, aus denen sich das navigatorische Programm als auf ein Minimum reduzierte Formel zusammensetzte, vor dem Abrücken zu löschen. Ich übertrug es auf eine freie Diskette, und als die Sanitäter hereinstürzten, steckte die Diskette in meiner Tasche.

Einer der Sanitäter baute sich vor mir auf.

„Was wissen Sie darüber?"

„Warum fragen Sich das nicht Malus?" gab ich zurück. „Ich bin hier nun Zaungast."

Der zweiter Sanitäter musterte das wimmernde Bündel.

„Sieht nach einer Behandlung mit der Peitsche aus", urteilte er.

Die beiden hoben den schlaffen Körper auf. Er floß auseinander wie der Leib einer Qualle. Jeder Knochen schien mehrfach gebrochen zu sein.

Ich sah ihnen zu, wie sie den atmenden Kadaver in die Ambulanz schoben.

„Wird er durchkommen?"

Die Auskunft war von professioneller Nüchternheit.

„Kommt drauf an, ob's genug Ersatzteile gibt. Sonst bleibt nur noch das Remake."

Mein Blick muß fragend gewesen sein.

„Klonen", sagte der Sanitäter.

*

Wieder an Bord, schob ich die Diskette ein, und der elektronische Steuermann erwachte zum Leben. Zum ersten Mal, seitdem die Lichter von Cosmopol hinter mir zurückgeblieben waren, gab es für meine SCOUT eine exakte Vorgabe, bestehend aus Ziel und Kurs.

Tamara sah mir auf die Finger. Als sie schließlich den Blick hob und mir ins Gesicht sah, tanzten in ihren Augen wieder einmal violette Lichter.

„Mark", sagte sie, „bei Malus gibt es eine Spezialbehandlung für vorwitzige Helden. Du hast nicht die geringste Chance - genau so wenig wie der da!"

Nun bemerkte auch ich den feuerroten Overall, der vor dem verriegelten Einstieg aufgetaucht war. Die Ratte suchte nach einem Schlupfloch vor den Verfolgern.

Diese hatten den Fuß der Gangway fast erreicht, und damit war das Los des versprengten Malusiten eigentlich schon besiegelt.

Tamara hatte die Ausweglosigkeit seiner Situation mit raschem Blick erkannt. Die Ratte saß in der Zwickmühle. Entweder fiel sie den geschwungenen Planierschlägern zum Opfer, oder sie wurde zerquetscht, sobald ich die Gangway einfuhr.

Auch die Ratte schien endlich begriffen zu haben, in welcher Lage sie sich gebracht hatte. Ihre entsetzten Augen flehten mich an.

Tamara durchschaute mein Zögern.

„Zur Hölle mit ihm, Mark!" sagte sie. „Heb endlich ab!"

Ich dachte an Ruth und fuhr die Gangway ein. Später erst ging mir auf, daß Tamara das Kommando übernommen hatte.

*

7.

RUTH

Irgendwann kam ich zu mir, aber dann dauerte es noch eine geraume Weile, bis ich den lähmenden Schock so weit überwunden hatte, daß ich wieder denken konnte und mich an ein Paar schlammiger Augen und die auf mich weisende elektronische Peitsche erinnerte. Das Zittern in den Muskeln, das ich zuletzt verspürt hatte, setzt sofort wieder ein, als ich mich aufrichtete und umsah.

Meine erste Wahrnehmung war die eines monoton fauchenden Triebwerkes.

„Nur keine Eile, schöne Frau", sagte neben mir eine fremde Stimme, „Sie kommen früh genug an die Reihe."

Was mochte damit gemeint sein? Durch eine gläserne Absperrung fiel mein Blick auf allerlei klinisches Gerät vor weißen Kachelwänden. Gläserne Absperrungen gab es auch nach den anderen drei Seiten hin. Mitten in diesem Raum, dessen Bestimmung ich nicht zu deuten wußte, befand ich mich in einem gläsernen Käfig. Und in diesem Käfig war ich nicht allein. Auf den Flurplatten lagen fünf Gestalten im Zustand der völligen Erschöpfung oder auch der Apathie. Ihre Bordanzüge waren anders geschnitten als die mir bekannten. Niemand wandte auch nur den Kopf in meine Richtung, als ich verständnislos fragte:

„Was ist passiert? Wo bin ich hier?"

Nur mein nächster Nachbar, der mich soeben vor unangebrachter Eile gewarnt hatte, raffte sich zu einer Antwort auf.

„Sie sind gekidnappt. In diesem Laboratorium werden die Bluttransfusionen vorgenommen, die Malus ein möglichst ewiges Leben im Vollbesitz unverminderter Schlechtigkeit garantieren sollen. Und nicht anders als wir übrigen hier im Aquarium sind Sie eine lebende Blutkonserve."

Ein Schaudern überlief mich, gefolgt vom Zorn eines jähen Aufbegehrens.

„Und das nehmen Sie einfach so hin?"

Auch mein Nachbar trug einen Bordanzug. Graue Bartstoppeln bedeckten Kinn und Wange. Langsam schüttelte er den Kopf.

„Man muß wissen, wann es vorbei ist." Und indem er den Blick über die dösenden Gestalten wandern ließ, fuhr er fort: „Die hier wissen das. Sie haben sich abgefunden." Einen Atemzug lang lag im Klang seiner Stimme ein rauhes Mitleid. „Glauben Sie mir - auch Sie täten gut daran, sich in Ihr Schicksal zu ergeben."

Daheim in Cosmopol hatte man uns gelehrt, stolz zu sein auf das Geschenk der Unsterblichkeit. Hier jedoch galt eine andere Regel. Unter den obwaltenden Umständen würde ich genau so sterblich sein wie alle anderen in diesem abscheulichen Aquarium. Die Erkenntnis machte mich rebellisch.

„Das werde ich nicht tun!" erwiderte ich lauter als nötig. „Nie!"

Mein Nachbar seufzte.

„Sie haben keine Wahl", sagte er. „Es ist, wie es ist. Ausweglos."

Nach und nach erfuhr ich aus seinem Mund den Grund seiner Resignation. Ich erfuhr, daß Malus, der sich selbst als der XIV. bezeichnete, im Wochenabstand einem völligen Blutaustausch unterzogen wurde. Zu diesem Zweck hatte er immer wieder die Vorräte an Blutkonserven auf Astropol geplündert, aber öfter noch verschaffte er sich das kostbare rote Lebenselexier mittels brutaler Überfälle auf vertriebene Raumstationen oder auch Einzelfahrer im galaktischen Bereich.

„Und dagegen wird nichts unternommen?" Ich war fassungslos.

Der Graustopplige senkte das Haupt.

„Es hat Bestrebungen gegeben. Aber Malus ist einfach nicht zu fassen. Er ist ebenso gerissen wie grausam. Er schlägt zu und zieht sich sofort wieder zurück in die ambivalente Zone, in der er vor jeglicher Verfolgung sicher ist. Ich hab's riskiert, und meine Instrumente fielen aus. Und jetzt bin ich hier."

„Ambivalente Zone", wiederholte ich. „Was verstehen Sie darunter? Ich höre diese Bezeichnung zum ersten Mal."

Er wurde lebhafter.

„Diesbezüglich ist unser Erkenntnisstand leider noch sehr gering. Wenigstens in diesem Punkt sind sich die Wissenschaftler einig. Und ebenfalls darin, daß es einen Zusammenhang gibt - geben muß - zwischen Zeit und Universum. Dort, wo letzteres aufhört, hört auch die Zeit auf. Jedenfalls nimmt man das an."

Er sah mich an. „Zu hoch für Sie?"

„Weiter!" trieb ich ihn an.

„Andererseits", fuhr er fort, „scheint es so zu sein, daß die Übergänge fließend sind. Das ist der Fall in der ambivalenten Zone, die man auch den Halbzeitstreifen nennt. Konkret bedeutet das: Mal ist die Zeit da, mal ist die

Zeit weg. Und das mit allen Konsequenzen."

Er verstummte. Ich machte mich daran, das Gehörte mit der eigenen Erfahrung zu vergleichen. Er nahm den Faden wieder auf.

„Wie gesagt, bisher ist das alles nur Theorie - völlig unbewiesen. Aber wenn für unsere ausgefeilten, angeblich unfehlbaren zeitgestützten Systeme nach Überschreiten der unsichtbaren Linie die Uhren so plötzlich und so gründlich stehenbleiben, daß keine kontrollierte Navigation mehr möglich ist - dann ist das eine Tatsache."

Er runzelte die Stirn. „Sie denken doch über etwas nach."

So war es.

Mit geschlossenen Augen beschwor ich die alten Bilder herauf. Es gelang mich nur unvollständig. Auf dem Projektionsschirm der Erinnerung wirkten sie wie dilettantische Schnappschüsse, wie zu lebloser Ewigkeit erstarrte unscharfe Fotografien. Und ebenso kläglich fiel meine Antwort aus.

„Mir ist nur gerade etwas eingefallen - in dem Zusammenhang. Eine Taschenuhr im Cockpit eines Schiffes, mit dem ich mal reiste - ein antikes Stück. Sie war unberechenbar. Immer, wenn sie gerade Lust verspürte, tickte sie los."

Gern hätte ich so weiter gemacht, aber der Moment des Erinnerns war verstrichen. Vergebens versuchte ich, Marks kraftvolles Gesicht mit den ruhigen grauen Augen auf den Schirm zu zaubern, und ebensowenig wollte es mir gelingen, dieses Bestreben mit irgend einem Gefühl zu verbinden.

Ich machte die Augen wieder auf, und das ganz Elend fiel über mich her.

„Wie", fragte ich, um es mir einzuprägen, „haben Sie doch eben diesen Randstreifen rings um das Universum genannt?"

„Die vorläufige Bezeichnung", erwiderte mein graustoppliger Nachbar bereitwillig, „ist Ambivalente Zone."

Schritte und lärmende Stimmen waren hörbar geworden. Und in der festen Überzeugung, daß das nichts Gutes zu bedeuten hatte, beeilte ich mich, mehr in Erfahrung zu bringen.

„Und wann geraten wir Ihrer Meinung nach in sie hinein?"

Die Antwort war knapp und bündig.

„Wir stecken mitten drin."

Für mich was das der Schlüssel. In diesem Augenblick fing ich an, systematisch über alles nachzudenken - so gründlich, daß ich danach dem Gehörten meine eigene Theorie entgegenstellen konnte. Aber zu dieser Erkenntnis gelangte ich nicht im Handumdrehen, sondern in unregelmäßigen Abständen und mit vielen Unterbrechungen. Es geschah genau so sporadisch und unberechenbar wie das Anspringen der Uhr, von der ich berichtet hatte.

Der Lärm kam rasch näher. Mein Nachbar warf mir einen mitleidigen Blick zu. Er seufzte und straffte sich.

„Es ist so weit", verkündete er. „Der Oberteufel braucht wieder frisches Blut für seine verkommenen Adern." Er deutete eine Verneigung an. „Im übrigen ersuche ich um Nachsicht. Ich habe versäumt, mich vorzustellen." Und dann brachte er es tatsächlich fertig zu lächeln. „Aber was bedeuten jetzt noch

Namen?"

Das Nachfolgende hat sich meinem Gedächtnis unauslöschlich eingebrannt. Es bildet darin eine sich ewig wiederholende Bilderfolge.

Da ist die Glaswand und dahinter die ungeordnete Phalanx aus roten Overalls.

Da sind im Hintergrund die Mediziner. Sie halten sich bereit.

Und da ist plötzlich ein vertrautes Gesicht. Darf ich aufatmen? Raffael sieht mich an und kneift ein Auge leicht zu. Eine Botschaft?

Und dann trifft mich ein anderer Blick, und mein Blut gefriert. Malus selbst ist zu Raffael getreten, und während die beiden die Köpfe zusammenstecken und etwas miteinander bereden, bleiben seine Augen unverwandt auf mich gerichtet. Ich spüre: Ein Kuhhandel findet statt, und die Kuh bin ich. Raffaels Worte scheinen zu überzeugen, denn Malus nickt. Sein gekrümmter Zeigefinger winkt mich näher an die Glaswand des Aquariums heran. Schon will ich mich der Aufforderung widersetzen - aber dann, als Raffael bedeutungsvoll noch einmal ein Auge zukneift, gehorche ich doch.

Stinkender Schlamm scheint über meine Haut zu fließen. Malus taxiert mich von Kopf bis Fuß. Ich fühle mich besudelt und verspüre das ungestüme Verlangen nach einem reinigenden Bad.

Aber ich halte stand, bis Malus sich schließlich abwendet und etwas zu Raffael sagt. Und diesmal ist es Raffael, der nickt.

Mir wird klar: Malus hat seine Wahl getroffen. Die Peitsche in seiner Hand hebt sich. Sie beschreibt einen weiten Bogen - hinweg über die Liegenden, die sich auch jetzt nicht gerührt haben, verweilt einen schrecklichen Herzschlag lang über meinem Haupt - und schwenkt weiter, um sich schließlich auf meinen Nachbarn zu richten.

Er mußte es geahnt haben, denn er sagte:

„Merken Sie was, junge Frau? Malus schnurrt wie ein verliebter Kater. Er hat ein Auge auf Sie geworfen. Fragt sich nur, wer letztlich besser daran ist: Sie oder ich?"

Dann stand er auf und ging entschlossen auf den Durchlaß zu, den die roten Overalls für ihn geöffnet hatten.

Das war das letzte, was ich von ihm hörte und sah.

Aber es war nicht das letzte Mal, daß ich mich in Gedanken mit ihm beschäftigte.

*

Mir blieb das Warten.

Und weil mir an Gesprächen nicht gelegen war, aber auch weil meine Mitgefangenen es vorzogen, in wortloser Apathie zu verharren, die nur durch die unvermeidliche Nahrungsaufnahme unterbrochen wurde, blieb mir zum Umgang nur meine eigene Gedankenwelt.

Zu viele Fragen gab es, auf die ich die Antwort noch nicht gefunden hatte, und so wie die Dinge standen, mochte es sein, daß ich sie niemals fand, oder ich mußte mich mächtig beeilen.

Eine wesentliche Frage lautete: wieso konnte es überhaupt geschehen, daß ich an diesem Ort gelandet war? Die Antwort darauf fiel mir nicht eben schwer.

Daheim auf Cosmopol hatte es mir an nichts gefehlt - bis auf eine Winzigkeit. Ich war gewesen, was man ein wertvolles Mitglied der Gesellschaft nennt, mit dem Ruf einer bahnbrechenden Wissenschaftlerin.

Aber da war auch die latente Unzufriedenheit gewesen mit dem, was ich lehrte und tat. An diesem Punkt machte ich meine Antwort fest - denn irgendwann hatte ich begonnen, darüber nachzudenken, welchen Wert es wohl haben mochte, immer kühnere Lehrsätze aufzustellen zu den Fächern, mit denen ich brillierte, Raumballistik und Gravitation, wenn es niemals die Gelegenheit geben sollte, sie zu überprüfen, als auch praktisch unter Beweis zu stellen. Meine Unzufriedenheit war so weit gediehen, daß ich schon überlegte, mich nach einer anderen Tätigkeit umzusehen, als ich von der bevorstehenden Expedition zum verlorenen Mutterplaneten erfuhr. Mochte es auch Wahnsinn sein: die ersehnte Gelegenheit war da und würde sich kaum ein zweites Mal bieten. Dazu waren die kosmonischen Gepflogenheiten zu festgefahren. Man hütete seine Reliquien und ergötzte sich an der Unsterblichkeit, ohne recht wahrzunehmen, daß man sich lediglich unsterblich langweilte.

Im Kollegenkreis stieß mein Vorhaben auf einhellige Ablehnung.

„Bedenken Sie Ruth, Sie werfen eine blendende Karriere fort - für einen Flug mit einem Abenteurer, der in die Gummizelle gehört!"

„Das ist ja gerade mein Kummer dabei. Brandis lehnt meine Begleitung ab."

„Dann sei ihm die Gummizelle erlassen."

„Er täuscht sich, wenn er meint, daß ich so einfach aufgebe."

„Dann ist die Gummizelle ja wieder frei für Sie."

Nun, in der Gummizelle war ich nicht gelandet, dafür jedoch wie ein Goldfisch im Aquarium auf Malus' rotem Piratenschiff.

Irgendwann stand Raffael vor der Glasscheibe. Thea hatte ihn mir empfohlen als einen Astriden im Gewand der Malusiten. Damals war er mir erschienen wie ein gefallener Engel. Und auch diesmal entging mir nicht der Ausdruck trotziger Weltverachtung in seinem Blick.

„Sie ziehen um!" verkündete er, und seine Stimme hatte genau jene schwebende Leichtigkeit, an die ich mich noch gut erinnerte. Nur etwas war anders geworden: Ich hatte ihn erlebt als Malus' Vertrauten.

„Wohin?" wollte ich wissen.

„In eine Umgebung, die Ihnen besser gefallen wird", antwortete er. „Seine Schlechtigkeit, das heißt Malus, hat eine Suite für Sie herrichten lassen. Ich soll Ihnen ausrichten, Sie möchten sich als sein Gast betrachten."

Die Augen des gefallenen Engels übten sich in Treuherzigkeit.

Die Sache stank.

„Erst will ich wissen, was Ihr Häuptling sich davon verspricht."

Raffael sah sich um. Kein anderer roter Overall befand ich in Hörweite.

„Seien Sie nicht kindisch! Ich bieten Ihnen die Chance, am Leben zu bleiben."

„Um welchen Preis?"

Seine Blicke beschworen mich.

„Ruth, hören Sie mich an, bitte! Im allgemeinen kennt Malus keine Skrupel, wenn es darum geht, sich zu nehmen, was er will. Sie haben ihn ja erlebt. Aber da gibt es etwas, was Sie noch nicht kennen, eine sentimentale Ader. Und die macht aus ihm beim Anblick einer schönen Frau einen balzenden Gockel. Nur da er selbst davon überzeugt ist, die umwerfende Romantik eines mittelalterlichen Minnesängers zu verkörpern. Verstehen Sie?"

„Ich frage mich, was das mit mir zu tun hat?"

Raffael presste seine Stirn gegen die Scheibe.

„Er will Sie, aber will auch, daß Sie sich ihm freiwillig hingeben, aus Liebe. Er will von Ihnen zärtliche Worte hören, die ihm schmeicheln."

Raffael muß, was er in meinem Gesicht las, richtig gedeutet haben. Seine nächsten Worte klangen gehetzt und eindringlich.

„Seien Sie klug! Gehen Sie auf das Spiel ein. Halten Sie ihn hin - so lange wie möglich. Und inzwischen lasse ich mir etwas einfallen."

Notgedrungen hatte ich ihm einmal mein Vertrauen geschenkt. Warum nicht ein zweites Mal?

*

Kaum war Raffael fort, als mich schon die ersten Zweifel überfielen. Es mochte durchaus sein, daß er es ehrlich mit mir meinte, aber wie war es in diesem Fall um seine Möglichkeiten bestellt? Dennoch blieb mir nichts anderes übrig, als darauf zu bauen, daß der astride Funke in ihm sich als stärker erweisen würde als der verderbliche Einfluß seiner Umgebung.

Und dann geschah es. Es geschah plötzlich und übergangslos. Es traf mich, als ich damit beschäftigt war, mit meinem Schicksal zu hadern. Das Gefühl schlug ein wie der Blitz. An Mark und daran, wie es ihm ergehen mochte, hatte ich bislang immer nur sehr flüchtig gedacht. Plötzlich war alles wieder da, und die Sehnsucht nach ihm und nach dem tiefen Frieden in seinen Armen machten mich fast wahnsinnig. Nie war mir so bewußt gewesen, wie sehr ich ihn brauchte und wie sehr ich die Phasen haßte, in denen dieses herrliche Gefühl aus mir schwand, abgelöst durch den Egoismus kosmonischer Gleichgültigkeit. Ich wollte das Gefühl festhalten, doch es gelang mir nicht. Irgend etwas, das stärker war als mein Wille, vereitelte das. Ich griff zu, doch das Gefühl rann mir wie Sand durch die Finger, und als Raffael zum zweiten Mal vor der Glaswand erschien, stand ich mit leeren Händen da.

Raffael schien bemerkt zu haben, daß in mir etwas vorging, denn eine Weile lang sprach er kein Wort und sah mich nur an. Erst als ich mich gefaßt hatte und den Kopf kampfbereit in den Nacken warf, entledigte er sich seines Auftrages.

„Seine Schlechtigkeit läßt ausrichten, Sie möchten sich schon etwas hübsch machen. Sobald er für Sie bereit ist, läßt er Sie holen."

Mit neuer Gewalt überfiel mich das Entsetzen. Gab es denn wirklich keinen Ausweg? Es gab keinen. Auf diesem Schiff regierte das Gesetz des Bösen. Und selbst Raffael unterstand ihm - auch wenn er mich glauben machen wollte, es gäbe für ihn die Freiheit der selbständigen Entscheidung. Ich war dem scharlachroten Ungeheuer hilflos ausgeliefert. Wenn ich doch wenigstens eine Waffe hätte, und sei es, um mich selbst zu töten! Raffael sprach weiter:

„Sie haben allen Grund, Ihrem Schicksal dankbar zu sein. Für die neue Kur hat der Arzt Seiner Schlechtigkeit ausschließlich Männerblut verordnet." Und nach einer kurzen Pause, in der er seine Blicke über mich wandern ließ, fügte er hinzu: „Gelegentlich tut der Arzt, was ich ihm vorschlage."

Plötzlich war mir, als hätte ich in seinen Augen hinter dem Vorhang aus Schwermut und Treuherzigkeit etwas aufblitzen gesehen. Begehrlichkeit? Neid?

Der Vorhang fiel wieder zu. Raffael hatte sich abgewandt.

„Spielen Sie auf Zeit, Ruth!" sagte er über die Schulter hinweg. „Und denken Sie an unsere Abmachung."

*

8.

Du bist allein in der Unendlichkeit, ein Staubkorn nur in einem leeren Raum ohne Grenzen, und deine Gefühle bestehen aus gefrorener Panik. Zwar weißt du, daß dir im Prinzip nichts geschehen kann, denn du bist Kosmone und als solcher unsterblich, aber da gibt es die eine Frage, auf die du die Antwort nicht kennst: Was fängst du an mit der verdammten Unsterblichkeit, wenn dich der leere Raum nicht wieder hergibt?

Immer wenn ich in diese Stimmung geriet - und das geschah immer öfter, seitdem Janus sich mit einem letzten Flirren von uns verabschiedet hatte und die Uhr an der Kette über dem Cockpit nicht mehr tickte - überprüfte ich am Bordcomputer Kurs und Geschwindigkeit. Nicht, daß mir am Ankommen besonders gelegen war, aber die Ordnung hatte etwas Beruhigendes. In den Abläufen war zuletzt eine gewissen Regelmäßigkeit zu erkennen gewesen, und fast hätte ich mich daran gewöhnen können. Das war nun vorbei. Die große Leere hatte mich wieder, und die Zeit hatte keine Macht mehr über mich. Ich befand mich in einem Niemandsland der Empfindungen. Daher wohl mein Bedürfnis, die Tage zu ordnen.

Denn alles andere, was ich tun konnte, wenn ich nicht gerade mit Tamara im Bett lag, machte meinen Seelenzustand nur noch chaotischer, so auch der Versuch, die große Leere mit irgendwelchen freundlichen Bildern zu füllen. Es gab so viele, an die ich mich erinnern wollte - aber bevor die Bilder Konturen gewannen, verwehten sie wie Rauch.

Und irgendwann gab ich das auf und überließ mich der vertrauten Gedankenleere und den Genüssen des Fleisches - ein erschöpfter Sisyphos, der den schweren Stein nur zu bereitwillig eintauschte gegen einen Krug mit Honig.

In dieser seelischen Verfassung überraschte ich Tamara, als sie sich am Bordcomputer zu schaffen machte. Ein Blick genügte, um mich wissen zu lassen, was sie da trieb. Die SCOUT lag nicht mehr auf Kurs.

Ich entsann mich: Irgendwann beim Verlassen von Astropol hatte ich den Kurs eingegeben, doch warum und wieso ich das getan hatte, war längst in Vergessenheit geraten, und es aus dem hintersten Winkel des Gedächtnisses hervorzukramen, war mühsam und lästig. Und so war ich, als ich Tamara vom Schemel zog, in keiner Weise bestürzt. Ich war nur wütend.

„Laß die Finger von den Instrumenten oder frag gefälligst!"

Ich nahm ihren Platz ein. Tamara ließ ihr aufreizendes Lachen hören.

Als ich mich wieder erhob, zog die SCOUT der ursprünglichen Bestimmung entgegen: ISS 113.

„Mark, du bist ein Narr. Was gibt's, das ich dir nicht geben kann?"

In ihren Augen spielten wieder die violetten Lichter, ihr Mund kam mir verheißungsvoll entgegen - und der kleine Zwischenfall war bereits vergessen.

Es war wie immer und doch immer wieder anders. Tamaras unerschöpfliche Phantasie erfand immer neue Spiele, mit denen sie meine fleischlichen Gelüste bis zur Ekstase steigerte. Diesmal war sie unersättlich und ließ erst von mir ab, nachdem sie mich bis auf den buchstäblich letzten Tropfen ausgequetscht hatte. Danach war sie kaum weniger erschöpft als ich. Zu meinen Füßen rollte sie sich zusammen wie eine gesättigte Katze und schlief schnurrend ein. Aus den Tiefen des Schlafes stieg dann und wann ihr Lachen und wehte wie ein aufregender Sturmwind durch meine Wachträume, in denen sich neuerliches Begehren mit dem alten Bedauern vermengte, daß ich daheim in Cosmopol bereits die Unfaßbarkeit einer ganzen Ewigkeit vergeudet hatte, ohne Vergleichbares erfahren zu haben.

Seit meinem Aufbruch ging es mir besser als je zuvor, und dennoch gab es tief in mir - wieder einmal so, daß ich es nicht fassen konnte - eine wunde Stelle, eine rastlose Sehnsucht. Bei aller Befriedigung, die mir die wilden Spiele des Fleisches verschafften, blieb etwas unerfüllt, ein schwärender Rest. Und eine Ahnung war da: daß ich es nur finden müßte, um im Einklang zu sein mit mir selbst und der Vollkommenheit der Lust.

Mit diesem Verlangen nach Einklang und Vollkommenheit schlief ich ein.

*

„Du."

Ich fuhr hoch.

Aus irgendeinem anderen Leben war das gekommen, mit dem Klang einer vertrauten Stimme, dies eine Wort:

„Du."

Plötzlich war ich hellwach. Und obwohl ich sofort wußte, daß ich das Fehlende gefunden hatte, vermochte ich es nicht einzuordnen.

Ich machte Licht. Tamara schlief tief und fest. Sie schlief mit leicht gespreizten Schenkeln. Der feuchte Flaum schimmerte seidig. Unter meinen Blicken öffneten sich die Lippen und ließen mich das makellose Perlmutt der Zähne sehen. Aber Tamara sprach nicht. Sie schlief. Sie schlief mit der unbewußten Grazie einer Wildkatze.

Aber jemand hatte gesprochen. Ein Wort nur. Aber dieses eine Wort hallte in mir nach, wieder und immer wieder, bis ich aufstand wie unter einem fremden Zwang - und nun erst schlug Tamara die Augen auf.

113

Das Licht blendete sie. Sie blinzelte ungläubig, als sie den wildledernen Tabakbeutel in meiner Hand entdeckte. Mit einem Ruck setzte sie sich auf.

„Mark, was hast du vor?"

Plötzlich wurde mir bewußt, daß ich mir darüber selbst nicht im Klaren war. Dementsprechend dürftig fiel meine Antwort aus.

„Ich habe Lust auf eine kleines Experiment."

Tamaras Augen fixierten den Beutel.

„So plötzlich?"

„Warum denn nicht?"

„Dann sag mir wenigsten, worum das geht!"

„Du wirst noch an deiner eigenen Neugier ersticken. Schlaf! Ich habe im Cockpit zu tun."

Im Cockpit riegelte ich mich ein. Noch immer wußte ich nicht so recht, wohin das führen sollte. Über dem Pult hing nach wie vor an der goldenen Kette die zwiebelförmige Uhr, die mir der Großmeister mit auf den Weg gegeben hatte. Und an diese Uhr nestelte ich nun den Beutel mit dem kostbaren Inhalt - der Prise Erde.

Dann setzte ich mich davor und wartete ab.

Es geschah fast unmerklich. Die Zeiger setzten sich in Bewegung.

Befreit atmete ich auf - bis mir urplötzlich der Atem stockte und ich das Verrinnen der Zeit verfluchte und mich dazu, weil ich das Wichtigste hatte vernachlässigen können, was es auf der Welt für mich gab. Das Verlangen, Ruth in die Arme zu schließen, der sanften Melodie ihrer Stimme zu lauschen und die reiche Tiefe in ihren Augen zu sehen, dieses Verlangen war mächtiger als je zuvor. Und ebenso das ohnmächtige Entsetzen, sie in der Gewalt eines größenwahnsinnigen Unholds zu wissen. Zum ersten Mal wurde mir klar, wie sehr ich Ruth brauchte, um mit mir im Einklang zu sein. Mit ihr hatte das Leben einen neuen Sinn bekommen. Und wenn ich sie verlor, war auch mein Leben zerstört, und alles, was auf diesen Verlust auch folgen mochte, würde freudlose, graue und schleppende Ewigkeit sein.

Den Blick starr auf die beiden Uhrzeiger gerichtet, die mit ihrem Kriechgang unbestechlich etwas maßen, was sich nicht festhalten ließ, saß ich noch immer da, als Tamara an der Tür rüttelte.

*

„Mark, was treibst du da?" Das hörte sich nach aufrichtigem Besorgtsein an - aber es störte.

Meine Antwort kam geknurrt: „Ich denke nach, verdammt noch mal!"

Tamara blieb hartnäckig.

„Dann laß mich dir wenigstens dabei helfen!" schlug sie vor.

Und dann kam es mir wie ein Fehler vor, als ich aufstand und den Riegel zurückschob. Tamara kam ins Cockpit und erfaßte sofort die Situation. Mit gekräuselter Stirn studierte sie die Kombination über dem Pult.

„Hast du vor, dich umzubringen, Mark?"

115

Eben noch war das Cockpit eine gedankenvolle Einsiedelei gewesen, in der ich Pläne geschmiedet hatte zu Ruths Befreiung, und nun mußte ich diese Einsiedelei verteidigen. Ich ließ den Ärger aus mir heraus:

„Blöde Frage!"

„So?" Tamaras schlanker Finger schnellte vor wie eine Schlange und versetzte die Kombination über dem Pult in Schwingungen. „Die Zeit", sagte Tamara im Tonfall einer Erzieherin, „wird dich umbringen. Die Zeit!"

In diesem Augenblick tat sie mir leid, weil sie um so vieles ärmer war als ich, und mir schien es auf einmal von Wichtigkeit zu sein, sie teilhaben zu lassen an den Schätzen der neuen Dimension, die sich mir geöffnet hatte.

„Du irrst", widersprach ich mit dem Wunsch, auch sie zu überzeugen. „Die Zeit macht mich leben."

In Tamaras wegwerfender Handbewegung lagen Abscheu und Verachtung.

„Und jetzt sag nur noch: Und das Leben macht dich lieben! Mark, du bist ein Narr. Denn am Ende wird die Zeit dich umgebracht haben."

Tamara sprach schnell, als ahnte sie, daß ihre Macht über mich in Gefahr sein könnte. Und so war es in der Tat. Mit feinem Instinkt spürte sie die stattfindende Ablösung, die die Zeit bewirkte, und sie beeilte sich, ihren Zauber zu erneuern. Und das konnte sie nur, indem sie mich des Irrtums überführte.

Wieder zielte ihr Finger auf die vor mir geschaffene Kombination.

„Hör genau hin, Mark! Das ist das Ticken der Zeit, die dich umbringt."

Ich sah ein, daß es müßig war, in ihr Verständnis wecken zu wollen dafür, daß mich das Ticken mit pulsierendem Leben erfüllte, weil es mir mehr schenkte als von mir nahm. Und so hätte ich die Diskussion an diesem Punkt am liebsten abgebrochen, aber Tamara ließ nicht locker.

Später erst wurde mir klar, weshalb sie nicht aufgab. Es geschah nicht aus Rechthaberei. Tamara kämpfte um mich. Und um mich für sich zu bewahren, setzte sie alle Mittel ein.

Rank, schlank, groß und geschmeidig stand sie vor mir, Verkörperung aller weltlichen Schönheit, mit blitzenden Augen, in denen die Stimmungen so rasch wechselten wie das Wetter im April. Und mit jeder Bewegung, mit jedem Lidzucken war sie sich ihrer Wirkung auf mich bewußt.

Alles, was sie nun tat, war darauf angelegt, von mir begehrt zu werden. Selbst eine ägyptische Mumie hätte bei diesem Anblick unkeusche Gefühle bekommen.

„Mark, so geht das nicht. Du bist dabei, dich systematisch umzubringen. Du tust das mit einer Waffe, wie sie tödlicher nicht sein könnte - mit der Zeit."

Und als ich mir den Kopf noch nach einer geistreichen Erwiderung zerbrach, fügte sie hinzu:

„Ich werde es dir beweisen. Komm zu mir in fünf Minuten!"

Als sie mich verließ, stand mein Entschluß schon fest. Das war eine Herausforderung, und ich würde sie annehmen. Die Fesseln waren gefallen. Ich war gefeit. Ein Gefühl, das aus fremden Tiefen meines Wesens stieg, gab mir Sicherheit und Stärke.

Bevor ich Tamara folgte, überprüfte ich rasch noch den Kurs.

Unbeirrt zog die SCOUT ihrem unsichtbaren Ziel in der großen Einöde entgegen, diesem Ziel mit der nichtssagenden Bezeichnung ISS 113. Das war der erste Schritt.

Der zweite sollte mir mit etwas Glück einfallen, sobald ich dort war. Auch ein Monster wie Malus mußte eine schwache Stelle haben. Auch ein Monster wie Malus mochte Fehler machen. Und sein größter Fehler würde der sein, sich nicht hineinversetzen zu können in jemand, der wie ich bereit war, für Ruth das Leben zu geben. Mit diesem Gedanken berührte ich die Kombination an der goldenen Kette, und der Ansturm des starken Gefühls wurde zum Orkan. Dann ging ich.

Ich setzte den Fuß über das Süll und blieb verwirrt stehen. Auf dem weißen Laken leuchteten Tamaras Lippen wie samtrote Kissen. Als rabenschwarzer Wasserfall ergoß sich das Haar über das Lager bis hinab auf den Fußboden, wo auf einem silbernen Tablett eine einsame Kerze brannte und in den mich erwartenden Augen Tausende von glitzernden Brillantsplittern bildete. Tamara war nackt.

Mit einer kleinen Handbewegung forderte sie mich auf, mich zu ihr zu setzen. Ich gehorchte, aber ich achtete peinlich darauf, sie nicht zu berühren.

„Mark", die roten Lippen formten die Anrede wie ein Kunstwerk, „du bist ein Narr."

Ich überging es mit Schweigen. Sie fuhr fort:

„Du glaubst mir nicht? Dann sieh dir die Kerze an. Sie ist jetzt dein Spiegelbild. Sieh sie dir gut an! Siehst du sie?"

„Schon wieder eine blöde Frage! Natürlich sehe ich sie. Ich bin ja nicht blind." Und etwas sanfter fügte ich hinzu: „Was versprichst du dir von diesem Idiotentest? Du hast von einem Beweis gesprochen."

Ihre Handbewegung bat um Geduld.

„Ich sagte: Sieh genau hin! Und dann sag mir, ob dir etwas auffällt."

Irgendetwas an dieser Fragestellung weckte mein Mißtrauen. Ich fragte zurück:

„Was zum Teufel soll mir schon auffallen? Eine Kerze ist eine Kerze."

Sie quittierte meinen Ausfall mit einem mitleidigen Kopfschütteln.

„Mark, du siehst es nicht, weil du ein unverbesserlicher Narr bist. Nun, ich werde dir die Augen öffnen. Du siehst den hellen Schein, den die Flamme wirft. Du siehst Licht." Die glitzernden Brillantsplitter in ihren Augen lenkten mich mehr und mehr von der mir gestellten Aufgabe ab. Ich mußte mich zwingen, Tamaras nächsten Worten zu lauschen. Sie sagte: „Wenn du die Kerze als dein Spiegelbild siehst, ist das Licht, das sie spendet, so viel wie dein Leben. Ist das so?"

Die Argumentation war logisch. Ich nickte.

„Von mir aus."

Tamara ergriff meine Hand und näherte sie der Flamme.

„Spürst du, Mark? Die Kerze verbreitet auch Wärme."

„Ich spüre", gab ich zu.

Tamara gab meine Hand frei.

„Mark, wenn du in der Kerze dein Spiegelbild siehst, dann ist die Wärme, die sie verbreitet, so viel wie Liebe. Kannst du mir noch immer folgen?"

„Kann ich. Und was weiter?"

„Du wolltest den Beweis. Nun -" Tamara warf plötzlich die Arme um mich, und meine Stirn sank zwischen ihre Brüste.

„Mark, oh Mark!" murmelte sie. „Hör auf, ein Narr zu sein. Nimm, was du bekommen kannst! Nimm es jetzt."

Wo blieb mein seelische Rüstzeug, wo mein Vorsatz, ihr zu widerstehen? Ich dachte an Ruth, aber ich genoß diesen anderen Leib, der sich mir so hemmungslos anbot - bis irgendwann das Licht unruhig wurde und erlosch und Tamara die Deckenleuchte anknipste.

„Und jetzt sieh dir noch einmal dein Spiegelbild an, die Kerze. Wo ist sie? Es gibt sie nicht mehr. Sie hat so lange Licht und Wärme gespendet, bis die Zeit sie umgebracht hat. Und so wird die Zeit auch dich umbringen, wenn du nicht endlich klug wirst."

Und noch während Tamara zu mir sprach, glaubte ich aus der Unendlichkeit heraus die weise Stimme des Großmeisters zu hören. Auf seine vornehm zurückhaltende Art hatte er mir die gleiche Warnung zukommen lassen.

Irgendwann schlief ich in Tamaras Armen ein. Ich war verwirrt, verstört und zutiefst unbefriedigt. Erst als Tamara sich im Dunkeln leise erhob und hinaushuschte, kam ich zur Ruhe.

Am anderen Morgen fand ich sie im Cockpit. In der nachlässig übergestreiften Bordkombination, das Oberteil achtlos geöffnet, saß sie vor dem Computer.

Ich trat näher. Dreierlei bemerkte ich mit einem Blick: Die Uhr stand, der Beutel war verschwunden, und die SCOUT lag auf neuem Kurs.

Tamara kam meinem Einwand zuvor.

„Du schliefst, Mark. Ich hätte sonst gefragt."

Ihr Gesicht war erfüllt von einem erwartungsvollen Ernst, der bereit zu sein schien, sich jederzeit in einem Lächeln aufzulösen.

Ich wußte, daß ich das, war hier geschah, nicht einfach hinnehmen durfte, und zugleich spürte ich, wie etwas in mir zerbrach.

„Was hast du vor?" fragte ich.

„Laß dich überraschen", antwortete sie.

„Wohin fliegen wir?" fragte ich.

„Laß dich überraschen", sagte sie nochmal.

Und das Lächeln, das sie so lange zurückgehalten hatte, vertrieb den letzten Schatten eines Zweifels.

9.

RUTH

Wäre da nicht Raffael gewesen, an den sich meine Hoffnung klammerte, hätte ich mit ziemlicher Gewißheit den Verstand verloren. Sein Einfluß auf Malus mochte größer sein, als ich durchschaute. Welchen Rang auch immer er in dieser höllischen Hierarchie bekleidete - so viel stand für mich fest, daß er nicht zum gewöhnlichen Fußvolk gehörte. Und so wertete ich es bereits als Gewinn, daß er es mit seiner geschmeidigen Art vermocht hatte, sich zu meinem persönlichen Betreuer ernennen zu lassen.

„Seine Schlechtigkeit legt Wert darauf, daß Sie sich auf seinem Schiff wunschlos glücklich fühlen. Ich habe Befehl, mich zu Ihrer Verfügung zu halten. Und so werde ich Ihnen als erstes Ihre Suite zeigen."

Mit diesem Worten öffnete er die Tür zu einem Alptraum aus rotem Plüsch.

„Läuten Sie, wenn Sie mich brauchen! Und vor allem - seien Sie klug."

Die Tür fiel ins Schloß. Raffael war fort, und ich war allein mit meiner würgenden Angst und mit dieser Kakophonie in Rot. Bei aller Angst nahm ich doch wahr, daß der mich umgebende Luxus alles übertraf, was ich je gesehen hatte.

Mit Untätigkeit war nichts zu gewinnen. Ich zwang mich zu einer ersten Erkundung und inspizierte das Bad. Der feuerrote Alptraum setzte sich darin fort in der Kachelung der Wände. Davon abgesehen, empfingen mich auch hier Überfluß und Luxus.

Was ging in diesem Monstrum vor, daß es mich plötzlich behandeln ließ wie eine Königin?

Oder wie seine Lieblingssklavin! Das war wohl die treffendere Erkenntnis.

Malus hatte mich zu seiner privaten Sklavin erkoren.

Mehr denn je war ich ihm ausgeliefert.

Konnte ich denn gar nichts dagegen unternehmen? Auf allen Schiffen gab es Winkel und Ecken, in denen man sich verstecken konnte. Auf einem Schiff dieser Größe würde man lange nach mir suchen müssen - und so lange hatte Raffael Gelegenheit, sich etwas einfallen zu lassen. Nur abgrundtiefe Verzweiflung konnte einen solchen Plan gebären. Nüchterne Überlegung hätte mich wissen lassen, wie aussichtslos er war. Aber zu nüchterner Überlegung war ich nicht fähig. Der Fluchtinstinkt war stärker.

Ich stürzte zur Tür, durch die ich eingetreten war. Weiter kam ich nicht. Die Tür ließ sich nicht öffnen. Ich war nicht weniger gefangen als zuvor im Aquarium.

In panischem Entsetzen eilte ich von Tür zur Tür. Nur eine davon ließ sich öffnen. Ich prallte zurück.

Vor mir, in einem Kleiderschrank von der Größe eines Salons, harrte meiner ein ganzer Hofstaat aus raffiniert geschnittenen Overalls in allen Variationen der Farbe Rot.

Das Grauen verdichtete sich zu einem schmerzhaften Klumpen im Magen.

„Nur zu! Mach dich schön, Prinzesschen. Ich kann's kaum erwarten, dich so vor mir zu sehen."

Ich fuhr herum, und mir stockte der Atem.

Er trug einen goldbestickten Hausanzug aus roter Seide, und der Duft, der ihn umschwebte, war der nach teurer Seife, als käme er frisch aus dem Bad. Aber gegen den Schleim in seinen Augen war alle Seife der Welt wirkungslos.

Obwohl ich am ganzen Körper flog, gelang es mir doch, mir rasch zu vergegenwärtigen, was ich von Raffael über diese Ausgeburt der Hölle wußte.

Raffael hatte von einer sentimentalen Ader gesprochen. Ich mußte sie finden, sofort. Dann mochte es sein, daß ich gerettet war - wenigstens für den Augenblick. Mit anderen Worten, ich mußte verhindern, daß Malus den skrupellosen Sklaventreiber hervorkehrte. Und das konnte nur gelingen, indem ich die unabwendbare Entscheidung vor mir herschob. Wenn Malus sich einbildete, er könnte mich für sich gewinnen mit der Pose des galanten und großzügigen Kavaliers, dann durfte ich ihn nicht enttäuschen. Und vor allem durfte ich ihn nicht ahnen lassen, daß ich ihn durchschaute.

Als ich mich nach dieser blitzschnellen Überlegung zu einem Lächeln zwang, war mir klar, daß ich mich einließ auf einen Drahtseilakt ohne Netz.

„Sie sind ein wenig zu stürmisch, Schlechtigkeit!" erwiderte ich. „Schließlich kennen wir uns doch kaum."

Ich hatte die Ader getroffen. Er gefiel sich in der Rolle des edlen Galans.

„Verstehe. Das Prinzesschen möchte umworben werden. Nun, nichts werde ich lieber tun als das." Im Bad mußte er einen ganzen Sack Kreide geschluckt haben, denn seine Stimme sank herab zu einem Säuseln. „Zunächst werde ich dafür Sorge tragen, daß es meinem Prinzesschen an nichts fehlt."

Er stand vor mir, riesig, massig und schwer, ein unverrückbares Monstrum, und blies mir seinen Atem ins Gesicht. Und ich durfte mir nicht anmerken lassen, wie sehr mich der Ekel würgte. Statt dessen mußte ich nach Kräften das tändelnde Gespräch am Fließen halten.

„Sie verwöhnen mich, Schlechtigkeit. Ich komme aus Verhältnissen, die bescheidener sind."

Es schmeichelte ihm. Der Schlamm in seinen Augen geriet in verzückte Wallungen.

„Aber jetzt bist du mein Prinzesschen - das ist der Unterschied."

„Sie beschämen mich, Schlechtigkeit!"

„Warum? Weil ich um deine Liebe werbe?"

Liebe. Ein Wort, das ich zum ersten Mal auf Astropol vernommen hatte, im imaginären Garten, aus Theas Mund, die man dort verehrte als die Göttin der Erinnerung. Es hatte sich mir eingeprägt: Liebe. Und obwohl sich für mich bislang kein konkretes Begreifen damit verband, hatte ich dieses Wort gehütet wie meinen persönlichen Talisman. Eines Tages, daran zweifelte ich nicht, würde er seine beglückende Wirkung tun und mir sein Geheimnis enthüllen. Wie mochte es beschaffen sein, wie aussehen? Die Antwort lag irgendwo im Nebel meiner Gefühle; manchmal tauchte darin ein vertrautes Gesicht auf - ein Gesicht, das geprägt war von innerer Festigkeit und von überquellendem seelischen Reichtum. Doch immer dann, wenn ich versucht war, ihm einen Namen zu geben, zog es sich in den Nebel zurück und blieb trotzdem in der Sehnsucht meines Herzens untilgbar verbunden mit dem Wort Liebe. Dieses Wort in dieser Umgebung zu vernehmen, kam mir vor wie eine Entweihung, wie die Schändung eines Heiligtums. Es gehörte nicht hierher. Und vor allem gehörte es nicht in den Mund, der es soeben ausgesprochen hatte.

Und so zog ich die Grenze.

„Liebe", widersprach ich und war mir bewußt, daß ich mich auf dem Drahtseil immer weiter vorwagte, „läßt sich nicht kaufen." Das Seil schwankte gefährlich. Gleich würde ich stürzen.

Einen Atemzug lang schien er unschlüssig zu sein, wie er reagieren sollte, doch dann entschied er sich dafür, nicht aus der Rolle zu fallen.

„Es kommt wohl immer auf den Preis an, Prinzesschen", gab er im Brustton der Überzeugung zurück. „Alles ist käuflich. Die ganze Welt ist käuflich." Das Lächeln, das er dabei aufsetzte, sollte gewinnend sein; es geriet zur Fratze. „Und weil ich nicht kleinlich zu dir sein werde, wird deine Liebe zu mir von Mal zu Mal wachsen, und eines Tages wirst du nicht umhin können, sie mir zu gestehen."

Die Fratze rückte näher. Ich hielt den Atem an.

„Aber da mein Prinzesschen es so wünscht, werde ich mich in Geduld üben und mich heute mit einem Andenken begnügen."

Seine Arme waren Schraubzwingen, seine Lippen kalt und rauh wie Granit. Und doch, wie sie da schmerzhaft auf die meinen gepreßt waren, schienen sie nach etwas zu hungern, was ich ihnen nicht geben konnte.

Er ließ mich los.

„Ich komme wieder", verkündete er.

Dann war er fort, und ich fing an, mein Kosmonentum zu verfluchen, das mir das ewige Leben zudiktierte. Am liebsten hätte ich mich in die nächste Ecke gesetzt und wäre gestorben.

*

Irgendwann kamen die bohrenden Fragen. In der Lage, in der ich mich befand, gab es für mich nur zwei Möglichkeiten der Wahl. Was Malus in seinem Hunger nach Liebe mir bot, war nicht zu verachten. Es erlöste mich zwar nicht aus der Sklaverei, doch zumindest sicherte er mir einen Käfig aus purem Gold mit allen Annehmlichkeiten. Und mit hinreichend List und Tücke ließe sich dann das geschmeichelte Monstrum dahin bringen, daß es zwar dem Schein nach mein Herr und Gebieter blieb, während es mir in Wirklichkeit aus der Hand fraß.

Die andere Entscheidung konnte nur die sein, ihm auch weiterhin zu verweigern, wonach sich seine sentimentale Ader sehnte. Dann allerdings würde er sich auch ungeliebt nehmen, wonach es ihn gleichfalls verlangte. Zu deutlich hatte ich diesen wilden Trieb gespürt, schon im Aquarium, als seine schlammigen Blicke mich gleichsam entkleideten und mit dreister Begehrlichkeit betasteten. Rohe Gewalt machte ihn mir in diesem Fall überlegen.

Der erste Weg war von verlockender Einfachheit. Drei simple gehauchte Worte bildeten zu ihm den Schlüssel. Warum sprach ich sie nicht aus? Eine ferne, leise Stimme, die mich rief, hinderte mich daran. Es mochte durchaus sein, daß ich mir die Stimme nur einbildete - auf jeden Fall hatte sie Macht über mich. Und so hielt ich Malus, der mich von Mal zu Mal leidenschaftlicher bedrängte, mit immer neuen Ausflüchten weiter hin und setzte meine ganze Hoffnung darauf, daß sich dank Raffaels Hilfe am Ziel der Reise ein Ausweg für mich finden würde.

Über das Ziel hatte ich einiges in Erfahrung gebracht. Ursprünglich hatte ISS 113 Dienst getan als vorgeschobene Zeitwarte einer irdischen Zivilisation, bis auch sie irgendwann vertrieben wurde in die große Leere. Inzwischen war praktisch alles Leben darauf erloschen, mit Ausnahme eines alten Physikers. Und dieser war, so berichtete Raffael, von den Wechselbädern aus Zeit und Unzeit so ausgemergelt, daß er für Malus als Blutkonserve nicht in Betracht kam.

„Und was", forschte ich, „will Malus mit dieser Warte anfangen? Oder interessiert ihn plötzlich die Wissenschaft?"

Raffael, damit beschäftigt, mit eleganten Fingern eine Orange zu schälen, zuckte mit den Achseln.

„Da ist zunächst wohl einmal die strategische Lage. Seine Schlechtigkeit ist immer auf der Suche nach geeigneten Objekten als Basis für seine Beutezüge. Und nun hat ihm jemand einen Floh ins Ohr gesetzt - einen Floh namens Erde. Und ISS 113 könnte dazu das passende Sprungbrett abgeben."

Ich horchte auf. Vielleicht war das die wichtigste Information, die ich je erhalten hatte. Meine nächste Frage kam reichlich atemlos:

„Malus kennt den Weg zur Erde?"

Raffael winkte ab.

„Bis jetzt nicht, aber er rechnet damit, daß sich das bald ändert. Er hat seine Schwester Tamara auf die Sache angesetzt. Und der hat bisher noch kein Mann widerstanden."

Während Raffael sprach, tauchte aus dem Nebel der Erinnerung erneut jenes Gesicht auf, zu dem mir immer wieder der Name gefehlt hatte. Doch jetzt, urplötzlich, fiel er mir ein. Auch Mark hatte es sich zur Aufgabe gemacht, den verschollenen Heimatplaneten zu finden. Und auf Astropol war das Unheil über uns hereingebrochen.

Mit der Klarheit des Erinnerns meldete sich sofort und ungestüm das Bedürfnis, weitere Einzelheiten zu erfahren. Ich fieberte nach Gewißheit.

„Erzählen Sie, Raffael! Es gibt sonst kaum Ablenkung für mich."

Wieder zuckte er mit den Achseln, als ginge ihn die Sache nichts an. Genußvoll machte er sich daran, sich die Orangenscheiben in den Mund zu schieben.

„Viel zu erzählen gibt's da nicht. Der Pilot, um den es sich dreht, behauptet, Kosmone zu sein - auf der Reise zur Erde. Sie müßten ihn eigentlich kennen, Ruth. Wahrscheinlich sind Sie sogar mit ihm gekommen."

Nun, nachdem kein Zweifel mehr bestand, von wem die Rede war, mochte es ein Fehler sein, mir anmerken zu lassen, wie sehr mich die Gewißheit erregte. So unbeteiligt wie möglich forschte ich weiter.

„Sie müssen sich irren, Raffael. Dieser Pilot fiel einer tückischen Krankheit zum Opfer. Er ist tot."

Raffael wischte sich am Tischtuch die Finger trocken und winkte dann ab.

„Wer sagt, daß er tot ist?"

„Ich sage das. Ich war dabei, als er starb."

Wieder winkte Raffael ab.

„Dieser Doktor Saul hat nicht nur Ihnen einen Bären aufgebunden. Den gleichen Bären hat er versucht, uns allen aufzubinden. Aber Malus - Seine Schlechtigkeit - ist nicht der Bauerntölpel, der auf solche billigen Tricks hereinfällt. Der Kosmone dürfte inzwischen längst wieder quicklebendig sein und seine Reise zur Erde mit frischen Kräften fortsetzen. Und Tamara, die mit von der Partie ist, sieht ihm auf die Finger."

Mark war folglich auf freiem Fuß. Warum atmete ich bei dieser Nachricht erleichtert auf? Um warum heizte mir die Erwähnung einer Tamara plötzlich ein? Ich forschte weiter:

„Angenommen, er findet die Erde nicht?"

„Er wird sie finden." Raffael ließ meinen Einwand nicht gelten. „Und es mag Sie interessieren, weshalb Malus - Seine Schlechtigkeit - so sicher ist, daß der Kosmone es schafft. Der Kosmone schafft es, weil er von der Idee besessen ist und nichts zu verlieren hat."

Es reizte mich, den dreisten Hochmut zu erschüttern. Und so ließ ich meine Erfahrung sagen:

„Es kann immer etwas dazwischen kommen."

In Raffaels schwermütigen Augen zeigte sich vorübergehend ein böses Feuer.

„Dann", erwiderte der gedehnt, „hat er doppeltes Pech. Auch für diesen unwahrscheinlichen Fall hat Tamara ihre Instruktionen."

Nach einer Weile scheuchte ich meinen Kammerherrn hinaus, um mit meinen Gedanken und Gefühlen endlich allein sein zu können.

Die Hochstimmung, in die mich Raffaels Bericht versetzt hatte, machte es mir leichter, die folgenden Tage zu ertragen. Mark war am Leben, und es ging ihm gut! Was wollte ich mehr?

Natürlich wollte ich mehr! Von ganzem Herzen wünschte ich, diese Tamara möge auf der Stelle tot umfallen. Und mit tiefer Befriedigung nahm ich zur Kenntnis, daß ich den unfrommen Wunsch keinesfalls als sündhaft empfand.

Mark lebt!

In tiefster Not lernte ich empfinden, was das heißt: Glück.

Plötzlich stand für mich fest, daß ich Malus' Drängen nicht nachgeben durfte - nicht für alle Annehmlichkeiten des Lebens, um keinen Preis. Ein Summen bewirkte, daß ich den Kopf hob. Der Wandkalender stellte ein Datum ein. Das Schiff war mithin wieder eingetaucht in die Zeit.

Und plötzlich fiel es mir wie Schuppen von den Augen - auch wenn ich den letzten Beweis dafür nie erbringen konnte: Mein Empfinden für Mark und der Faktor Zeit bildeten eine geschlossene Einheit. Sie ließen sich nicht voneinander trennen.

Ich holte Papier und Schreibstift und schlußfolgerte in Form einer Gleichung: Die Zeit nahm mir den Status der Unsterblichkeit und ließ mich wie alles, was ihr unterworfen war, vergänglich sein. Aber nur im Zustand der Vergänglichkeit bekam das Selbstverständliche, wozu ich sowohl mein Leben zählte als auch das von Mark, den einmaligen Wert des Verlierbaren. Und nur im Zustand der Vergänglichkeit gedieh, wovon Thea gesprochen hatte - die Blume namens Liebe.

Zum ersten Mal, wenn auch nur, um es selbst einmal laut zu hören, sprach ich es aus.

„Mark, ich liebe dich!"

*

„Wer ist Mark?" Eine behaarte Pranke langte über meine Schulter und entriß mir das Papier. Mehr denn je glich Malus' Stimme dem Scheppern eines Mülleimers. „Noch einmal - wer ist Mark?"

Wieder einmal hatte er mich überrumpelt. Und wie um mir bildhaft vor

Augen zu führen, daß er am Ende seiner Geduld angelangt war, trug er volle Montur. An seinem Handgelenk baumelte das Zeichen seiner Herrschaft, die furchtbare elektronische Peitsche.

„Antworte, wenn ich frage! Wer ist dieser Mark? Ich kann es auch aus dir herausprügeln, wenn du nicht freiwillig sprichst!"

Er stand kurz davor. Die schmachtende Ritterlichkeit, mit der er gehofft hatte, mich für sich zu gewinnen, war schäumender Raserei gewichen. Und dennoch war ich stolz darauf, ihm die Wahrheit schonungslos ins Gesicht zu sagen.

„Mark ist ein Kosmone wie ich."

Aus irgend einem Grund schien ihn das zu besänftigen. Seine Handbewegung drückte Geringschätzung aus.

„Ist er hier, im Aquarium?"

„Nein."

„Aber du weißt, wo er ist?"

„Nein."

Er kam näher, und sein Atem fiel über mich her.

„Dann hör mit dem Unsinn auf! Du liebst mich."

Der Augenblick der Entscheidung war endlich da und fand mich vor ohne einen Schatten des Zweifels. Noch einmal sagte ich ihm die Wahrheit ins Gesicht: „Ich liebe Mark."

Wieder diese Geste der Geringschätzung.

„Das kann nicht sein. Du liebst mich. Sag es!"

Seine Hände lagen schwer auf meinen Schultern. Sein massiger Körper drückte mich gegen die Wand. Und seine Augen hungerten und hofften.

„Sag es!"

Was ich in diesem Moment für ihn empfand, ist schwer zu beschreiben. Es kam dem Mitleid näher als allem anderen. Drei Worte nur aus meinem Mund - und ich hätte ihn zurückverwandelt in den großzügigen Kavalier, als den er selbst sich am liebsten sah. Es war kaum zu fassen: Malus, dieser hemmungslose Egomane, der sich huldigen ließ als die verkörperte Schlechtigkeit, war zugleich ein armes Schwein, das nach Zuneigung gierte. Aber ich schüttelte den Kopf.

„Ich müßte lügen."

Er atmete schwer und dachte lange darüber nach. Und am Ende der Überlegung ging in seinen Augen ein Wandel vor. Der ungestillte Hunger schlug um in zügellose Wut.

„Du wirst es sagen", keuchte er, „so oder so - freiwillig oder unter Schmerzen."

Mit diesem Versprechen griff er blitzschnell zu, und als er gleich darauf zurücktrat, stand ich mit entblößtem Oberkörper da. Er betrachtete mich, und zur Raserei gesellte sich raubtierhaftes Begehren.

„Sag es!"

Er hob den Arm, und die Peitsche in seiner Hand begann drohend zu knistern. Nur ein Wunder konnte mich noch retten.

„Sag es! Sag es jetzt, oder du wirst mich auf den Knien anflehen, mich lieben zu dürfen!" Er drohte und er bettelte. „Sag es!"

In Erwartung dessen, was vor bevorstand, schloß ich die Augen. Und zugleich dröhnte der Bordlautsprecher los: Die Landung auf ISS 113 stand unmittelbar bevor.

Malus ließ fluchend die Peitsche sinken. Seine nackte Hand wischte schmerzhaft über meine Brust.

„Mein Pech, Prinzesschen. Ich werde benötigt. Es kann nicht lange dauern. Denk so lange an mich."

Dann war er fort, und ich dachte an ihn und machte mir nichts vor.

*

10.

Das Raumgebiet mit seinem unberechenbaren Wechsel von Zeit und Unzeit, von Unzeit und Zeit, durch das die brave SCOUT ihre einsame Bahn zog, gefiel mit immer weniger. Ich spürte, wie auch ich von diesem Hin und Her erfaßt wurde. Zunächst beeinflußte es die organischen Abläufe und äußerte sich in körperlichem Unbehagen wie Appetitlosigkeit und unerklärlicher Müdigkeit, gepaart mit nervöser Reizbarkeit, wobei das eine wie das andere im Handumdrehen umschlagen konnte in Heißhunger und unstillbaren Tatendurst. Und nicht minder ambivalent reagierte meine Psyche auf die Rivalität zweier grundverschiedener Ordnungen: sie reagierte chaotisch. Mal verzehrte ich mich vor Sehnsucht nach der Erfüllung meiner Träume, die irgendwann aufgehört hatten, Gestalt anzunehmen und seitdem nur noch als der süße Schmerz eines unwiederbringlichen Verlustes durch meine Stimmungen zogen; ein anderesmal platzte ich plötzlich schier vor körperlicher Begierde und suchte mir Tamara als williges Objekt der Entladung und gab mich erst zufrieden, wenn ich unter mir ihr lustvolles Stöhnen vernahm.

Und dann wieder gab es Momente, in denen mir ihr nackter Körper einfach nur als Augenweide und optischer Fixpunkt dienen mußte - um etwas zu haben, was mich ablenkte von dem, was es draußen nicht zu sehen gab. Denn immer, sobald ich das Cockpit betrat, hungerte es mich nach einem Inhaltspunkt für die Augen. Vergebens suchten Blick und Verstand in der Leere nach einem Maßstab für die zurückgelegten und für die bevorstehenden Entfernungen. Die unwandelbare Leere vor den Fenstern drückte auf das Gemüt. Allmählich begann ich mich zu fragen, ob es nicht klüger gewesen wäre, auf die Warnungen des Großmeisters zu hören. Vielleicht gab es die Erde nicht mehr. Vielleicht hatte es die Erde nie gegeben. Vielleicht war sie seit je her für uns Kosmonen eine fromme Legende, Ersatz für das Fehlen aller Erklärungen: die Erfindung gerissener Seelenmasseure.

Tamara mit ihrem sicheren Gespür für meine Gemütslagen wurde mir zunehmend unentbehrlicher. Und obwohl wir oft genug, nachdem wir es bis zur Erschöpfung getrieben hatten, auch mal ins Reden kamen, erfuhr ich nie, wer sie in Wirklichkeit war und woher sie stammte. Ich spürte zwar, daß sie nichts unversucht ließ, um mir auch dort näher zu kommen, wo ich auf Abstand hielt, doch eine innere Scheu ließ es nicht zu, daß ich sie genauer befragte. In der Schiffsführung kannte sie sich fast ebenso gut aus wie ich, und einer beiläufigen Bemerkung, die sie einmal fallen ließ, entnahm ich, daß sie irgendwann und irgendwo einen eigenen flinken Raumflitzer besessen und geführt hatte. An die Ambivalenz der Raumverhältnisse, die mir so arg zu schaffen machte, schien sie gewöhnt zu sein.

„Das Beste an der Zeit", sagte sie einmal, „ist der Umstand, daß sie vergeht. Stell dir bloß vor: Die Zeit stünde still!"

Dann schüttelte sie sich und schenkte mir ihr kehliges Lachen, das mir so sehr gefiel, weil es mich erregte.

Wir lagen auf dem verschwitzten Laken und erholten uns bei einer Flasche Champagner.

Unvermittelt fragte sie: „Hast du noch immer im Sinn, die Erde zu finden?"

„Im Sinn schon", gab ich zurück, „aber ich gebe zu, es ist schwieriger als ich gedacht habe - so ganz ohne Anhaltspunkt. Warum fragst du?"

Sie seufzte.

„Weil ich dich dort verlassen müßte."

„Warum denn?"

„Weil ich nicht in Versuchung geraten darf, mich in dich zu verlieben. Auf der Erde könnte so etwas passieren. Und das darf nicht sein."

Ich machte die nächste Flasche auf. Der Korken knallte wie ein Geschoß gegen den Spiegel.

„Erklär mit das!"

Sie nahm einen Schluck und betrachtete mich über den Rand ihres Glases hinweg.

„Manchmal vergesse ich direkt, daß du Kosmone bist. Euch muß man wirklich alles erklären. Pass auf! Die Liebe hat ihre Wurzeln in der Zeit. Manche sprechen von ihr als von der Blüte der Vergänglichkeit."

Ich verstand einfach nicht, worauf sie hinauswollte.

„Und?"

„Und?" Mit einem Ruck setzt sie sich auf, so daß ihre Brüste herausfordernd wippten. „Und dann könnte es passieren, daß mir diese Blüte so sehr gefiele, daß ich bei dir bliebe - in der Zeit mit all ihren garstigen Folgen. Ich würde alt und älter werden und schließlich sterben. Und das nur für die Liebe."

Sie stellte da Glas ab. Ihre Finger glitten wie suchend über meinen Leib und wurden fündig.

„Zum Teufel mit der Erde!" sagte sie. „Es geht doch auch so."

Und ich konnte gerade noch antworten: „Auf jeden Fall habe ich es nicht eilig."

*

137

Mein Zustand blieb ambivalent. Immer mehr gewann ich den Eindruck, daß die Uhr, die nach wie vor an der goldenen Kette über dem Pult hing, mit mir auf eine niederträchtige Weise Katz und Maus spielte. Ich fing an, die Uhr zu hassen. Ich haßte sie, wenn ihre Zeiger sich bewegten, und ich haßte sie, wenn sie stand.

Die Uhr selbst spielte uns absonderliche Streiche. Sobald sie stand, blieb ich Tamara willenlos ausgeliefert. Sobald die Zeiger sich bewegten, begann ich gegen diesen Zustand zu opponieren. Das ging so weit, daß ich Tamara, als sie wieder einmal ihre Liebeskünste an mir erprobte, von mir wies:

„Laß das!"

Sie beantwortete das mit einem Auflachen.

„Was ist, mein Schatz? Hast du zu schwer gegessen?"

In diesem Moment hätte ich sie schlagen mögen. Ich hielt an mich und knurrte nur:

„Ach, geht doch zum Teufel!"

Am nächsten Morgen war die Welt für uns wieder in Ordnung. Doch der Beutel mit seinem wundertätigen Inhalt, den ich einmal als Allheilmittel an der Uhr befestigt hatte, blieb verschwunden - und Tamara beantwortete meine halbherzigen Erkundigungen nach dem Verbleib entweder mit einem Achselzucken oder mit feurigen Küssen, die mich die Sache sofort vergessen ließen.

In meiner Zwiespältigkeit flüchtete ich mich in übertriebene Bordroutine, ging einen überflüssigen Kontrollgang nach dem anderen, hielt gespannt Ausschau nach Nichtvorhandenem oder beschwor   die   lethargischen

Sensoren, mir etwas zu melden.

Der Kurs, den Tamara in den Computer eingegeben hatte, war so geblieben. Zumindest vermutete ich das, denn es fehlten die Anhaltspunkte, um ihn zu überprüfen. Tamara bemerkte meine Zweifel und zerstreute sie mit ihrem Lachen.

„Du traust mir nicht?"

„Ich werde dir erst trauen, wenn wir da sind."

„Ich sagte doch: Laß dich überraschen! Und da du es, wie du selbst sagst, nicht eilig hast..."

In der Nacht hatte ich einen schlimmen Traum. Ich träumte von Ruth. Sie stand im Wind, streckte die Arme nach mir aus und rief verzweifelt meinen Namen. Ich wollte zu ihr eilen, aber meine Beine ließen sich nicht bewegen, so sehr ich mich auch anstrengte - die Füße blieben wie festgeklebt. Und untätig mußte ich auf der Stelle verharren, während die Erscheinung sich mehr und mehr auflöste, bis nichts mehr da war. Mein eigener Aufschrei riß mich aus dem Schlaf.

„Ruth!"

Tamara, die nicht geschlafen hatte, kam nackt aus dem Cockpit gestürzt und schlüpfte neben mir unter die Decke.

„Vergiß sie! Jetzt hast du mich. Oder mußt du schon wieder einmal davon überzeugt werden?"

Die Kraft ihrer Überzeugung tat ihre Schuldigkeit. Bekehrt schlief ich ein, und der Traum wiederholte sich nicht.

Am anderen Morgen entdeckte ich den veränderten Zeigerstand. Wieder einmal hatten wir die Zeit gestreift. Und wohl zugleich hatte der Pomnik ein schwaches, kaum wahrnehmbares Echo festgehalten: das Echo von einem anderen Festkörper, der uns offenbar auf gleicher Bahn um etliches voraus war.

Ich entsann mich, daß Tamara nachts im Cockpit gewesen war.

„Du hast es gewußt", hielt ich ihr erbost vor.

Sie warf einen gleichgültigen Blick auf die verblassende Anzeige.

„Ach, das..."

„Du hast es gewußt und nichts davon gesagt!"

„Du solltest mir dankbar sein. Ich habe dir die Entscheidung erspart."

Mit ihr zu streiten, war sinnlos, denn ich verlor jedesmal.

Sie blickte mir über die Schulter, während ich das aufgezeichnete Echo angestrengt studierte - so lange, bis es diesem nicht anders erging als meinem nächtlichen Traumbild. Unter meinen Augen löste es sich auf, bis nur noch gähnende Leere vorhanden war.

„Dein Pomnik", sagte Tamara und gähnte, „ist ein kleiner Spinner."

Ich wußte, daß der Pomnik alles andere als ein Spinner war und daß sich das Phänomen der Selbstauflösung mit der Schwäche des empfangenen Impulses erklären ließ, aber Tamara machte einen Vorschlag, der mich auf andere Gedanken brachte.

Im Fitnessraum war ich damit beschäftigt, den Punchingball mit den Fäusten zu bearbeiten, als Tamara das Schott auffuhr. Ihr Gesicht strahlte.

„Mark, mach Schluß und komm ins Cockpit!"

„Was zum Teufel ist denn los?" fragte ich ungehalten. „Ich bin gerade so gut in Fahrt."

Tamara zerrte an meinem Arm.

„Das draußen ist wichtiger. Komm, sieh dir das an!"

„Was ist wichtiger?"

„Wir sind gleich da."

„Dann sag das doch gleich!"

*

Wie ein großer grüner Luftballon schwebte der künstliche Planet im leeren Raum, stummer Zeuge einer längst erloschenen, unbekannten Zivilisation, und Tamara, die neben mir im Cockpit saß, berichtete, wie sie irgendwann durch Zufall auf ihn gestoßen war und von ihm Besitz ergriffen hatte.

„Stell dir vor, Mark - niemand außer mir will ihn haben. Für die einen ist er zu abgelegen, und für die anderen bietet er zu wenig Komfort. Praktisch gehört er mir ganz allein. Er ist meine Eremitage, wohin ich mich zurückziehe, wenn ich, was vorkommt, des ganzen Trubels überdrüssig bin. Und so habe ich ihn auch getauft - auf den Namen Eremitage."

Eremitage rückte näher, und ich erkannte Einzelheiten: Spuren einer früheren Bebauung, überwucherte Rudimente eines Straßennetzes und eine

141

schimmernde Seenplatte, aus der mildes Licht quoll und den einsamen Himmelskörper mit einer hellen Aura umgab.

„Ich habe es gewußt, Mark", sagte Tamara, „Eremitage wird dir gefallen."

Zum ersten Mal erlebte ich, daß sie sich über etwas freuen konnte wie ein kleines Kind. Sie war aufgesprungen und hinter mich getreten, und so raunte sie mir die nächsten Worte direkt ins Ohr:

„Hier werden wir bleiben, Mark, nur du und ich, und die Erde kann uns gestohlen bleiben. Wir werden hier leben und eine Menge Spaß miteinander haben."

Auf eine völlig neue Art fühlte ich mich überrumpelt, und irgend etwas, gleichsam eine ferne leise Stimme, mahnte mich zur Vorsicht. Ich wandte den Kopf - und nun endlich stellte ich die längst überfällige Frage, um die ich mich bislang immer herumgedrückt hatte:

„Wer überhaupt bist du?"

Eine Weile lang blieb sie stumm, dann ließ sie mich ihr Lachen hören.

„Mark, sei nicht dumm! Ich bin deine Tamara. So einfach ist das. Und jetzt paß auf!"

Mir war bereits aufgefallen, daß sich Eremitage langsam um eine imaginäre Längsachse drehte. Ein perlweißes Bauwerk mit einer reichgegliederten Fassade, die auf mich wirkte wie feines Filigran, an einem Wasserlauf oder Kanal gelegen, wuchs über dem Horizont empor. Erst auf den zweiten Blick erkannte man die astrale Festung.

Tamaras Arme ruhten auf meinen Schultern.

„Unser Reich! Du bist der Herrscher. Und ich werde deine Dienerin sein. Siehst du den Landeplatz? Was brauchst du, um aufzusetzen? Den Winkel? Ich gebe ihn gerade ein."

Die SCOUT setzte an zum Landeanflug, und Tamaras Fingernägel gruben sich plötzliche in meine Muskulatur.

Auf dem Landeplatz parkte ein mittelgroßes graues Schiff. Die Beschriftung war nicht mehr leserlich.

„Mark, was hat das zu bedeuten?"

Ich entsann mich des schwachen Echos, das der Pomnik nicht lange genug hatte konservieren können, und hob die Schultern.

Gleich neben dem grauen Schiff setzte ich auf, entriegelte den Einstieg und fuhr die Gangway aus. Draußen wehte ein leichter Wind, und mit dem Wind kam ein verzweifelter Schrei gezogen:

„Rühren Sie mich nicht an!"

Die Stimme kannte ich.

*

11.

RUTH

Durch eines der Fenster konnte ich sehen, daß auf der Plattform, auf der Malus hatte aufsetzen lassen, bereits ein anderes Schiff stand. Die Cockpitverglasung des mittelgroßen grauen Raumkreuzers war verschrammt, als hätte sie Bekanntschaft geschlossen mit einer ziehenden Staubwolke. Auch die Beschriftung war ramponiert. Es gelang mir nicht, sie zu entziffern.

„Betrachten Sie die olle Kiste? Der alte Gregor schwört darauf, daß ihr Innenleben noch einwandfrei ist."

Festlich gekleidet in schreiend rote Seide hatte Raffael den Raum betreten.

„Seine Schlechtigkeit gibt zur Einweihung des neuen Stützpunktes ein Festmahl. Mein Auftrag lautet, Sie zu holen."

Er öffnete die Garderobe, griff mit sicherem Blick einen hautengen Overall aus rotem Latex mit auffallend langem Reißverschluß heraus und warf ihn mir zu.

„Da! Ziehen Sie das an! Seine Schlechtigkeit legt heute Wert auf Stil und Eleganz."

Ich zögerte. Raffael lächelte.

„Nun machen Sie schon! Ich drehe mich um."

Ich gehorchte, aber ich dachte nicht daran, mich zu beeilen. Und ich konnte den Blick nicht von dem grauen Schiff reißen. Und ebenso wenig meine

Gedanken.

„Erzählen Sie mir mehr über ISS 113, Raffael!" bat ich.

Ich hörte seinen leichten Schritt, als er nun gleichfalls vor das Fenster trat. Und ich erfuhr:

Ursprünglich diente die außerkosmische Station ISS 113 der wissenschaftlichen Erforschung von Zeit und Unzeit. Zu diesem Zweck war die Station so konstruiert und plaziert, daß die unsichtbare Grenzlinie quer durch sie hindurchführte, während sie langsam um ihre Achse rotierte. Auf die Dauer ging das an die Substanz der Besatzung. Es kam zu nervösen Ausbrüchen und Streitigkeiten, die mehr und mehr gewalttätige Formen annahmen und schließlich zu Mord und Totschlag führten. Es kann zu einem Blutbad. Nur Gregor Starost überlebte.

Ich hakte ein.

„Dann verstehe ich nicht, wieso er noch hier ist, wenn draußen ein intaktes Schiff steht."

Raffael lachte auf.

„Weil er eine Niete ist, der ewige Theoretiker, Fachrichtung Physiologie. Keine Ahnung von Navigation. Ruth, wir werden erwartet! Sind Sie endlich so weit?"

„Gleich. Erzählen Sie mir mehr von diesem Starost. So ist doch sein Name?"

„So ist er. Gregor Starost. Was soll ich über ihn erzählen? Sie werden ihn kennenlernen. Nur so viel vorweg. Alleingeblieben, hat er sich entschieden, sein einsames Dasein in der Zeit zu verbringen, und so ist er dieser beständig hinterhergewandert. Von Raum zu Raum, und ist dabei alt und grau geworden. Aber im Kopf ist er noch klar und weiß alles. Seine Schlechtigkeit hat das mächtig amüsiert, und so hat er diesen Starost in seine Dienste genommen - für die Wartung der Station."

Keine weitere Verzögerung wollte mir einfallen. Ich sagte:

„Sie dürfen sich wieder umdrehen, Raffael."

Er drehte sich um, und in seinen Blick trat aufrichtige Bewunderung.

„Sie sehen hinreißend aus, Ruth!" verkündete er. „Nur ihr Gesichtsausdruck paßt nicht dazu."

Er ging voraus und öffnete die Tür.

„Kommen Sie! Und lächeln Sie - lächeln Sie! Aber halten Sie sich bereit."

*

Im geräumigen Salon war eine riesige runde Tafel gedeckt. Malus, Zoll um Zoll eine in flammendes Rot gewandete billige Imitation des Königs Artus, reichte mir den Arm und führte mich zu meinem Platz, an seiner linken Seite. Den Ehrenplatz, Malus zur Rechten, bekam Raffael zugewiesen. Die übrigen Malusiten verteilten sich nach Belieben.

Ein alter Mann mit dem Aussehen eines abgenagten Knochens bediente. Raffael zwinkerte ihm zu. Ich begriff. Der abgenagte Knochen mußte Gregor Starost sein, und wenn meine Ahnung mich nicht täuschte, beabsichtigte Raffael, ihn zum Verbündeten zu machen.

Malus ließ es sich nicht nehmen, uns eigenhändig mit Champagner zu versorgen. Er drückte mir das überschäumende Glas in die Hand und knetete meine Schulter.

„Trink, Prinzesschen, trink! Das wird dich in die richtige Stimmung bringen."

Obwohl er sich locker und leutselig gab, spürte ich, wie es unter seiner Oberfläche kochte und brodelte, wenn mich seine Blicke begehrlich abtasteten und ein Gefühl der Beschmutzung hinterließen.

Beim Essen schmatzte und rülpste er ungeniert und schlang ungeheure Mengen in sich hinein, wobei er mich fortwährend aufforderte, es ihm gleich zu tun. Und wieder einmal glich mein Magen einem schmerzenden Klumpen. Ich bekam keinen Bissen herunter. Als die König-Artus-Imitation schließlich aufstand und die Tafelrunde auseinanderbrach, steckte ich blitzschnell eins von den Messern ein. Das, so sagte ich mir, mochte im schlimmsten Fall ein Ausweg sein. Niemand außer Raffael bemerkte es. Er zog die Stirn kraus und schüttelte ganz leicht den Kopf. Ein Signal? Ich wußte es nicht zu deuten.

„Prinzesschen!"

Malus kam herangewankt, stützte sich schwer auf meine Schulter und blies mir seinen stinkenden Atem ins Gesicht. „Geh jetzt! Raffael wird dich führen. Und dann warte!" Seine Hand wühlte sich zwischen meine Schenkel. „Diese Nacht wirst du mir deine Liebe schenken."

*

Es gab für mich kein Entkommen, jedenfalls nicht auf eigene Faust. Damit mußte ich mich abfinden. Wohin sollte ich mich auch wenden - an diesem mir völlig unbekannten, fremden Ort? Nebenan war Malus mit seinen Sektenbrüdern am Zechen.

Meine Hand schloß sich fester um das Messer. Ich wartete.

*

Raffael, auf den ich bis zuletzt meine Hoffnung gesetzt hatte, ließ sich nicht blicken, und das konnte nur heißen, daß er es sich anders überlegt hatte. Wahrscheinlich hatte ich in seine vagen Andeutungen zu viel an Versprechen hineingelegt. Von Anfang an hätte ich mir darüber im Klaren sein müssen, daß er nichts Besseres war, nichts Besseres sein konnte und auch nicht sein wollte, als alle anderen. Immerhin hatte er sein Los selbst gewählt, war er aus freien Stücken in den roten Overall der verruchten Sekte geschlüpft.

Die Wahrheit war: Ich verging vor Angst.

Mehr denn je fühlte ich mich der brutalen Gewalt, die Malus' Reich bestimmte, der Macht des Bösen, der zum Kult gewordenen Schlechtigkeit gnadenlos ausgeliefert, ein schutz- und rechtloses Objekt seiner sinnlichen Begierde.

Ich würde versuchen, ihn zu töten, und, falls mir das nicht gelang, würde ich mich selbst umbringen. Das Bedauern, das ich bei diesem Entschluß empfand, war ein höchst ungewöhnliches. Mir brach fast das Herz bei dem Gedanken, daß ich in diesem Fall nicht nur das hohe Gut meiner Unsterblichkeit fortwarf, sondern auch das Wiedersehen mit Mark. Vielleicht hatte ich bei dieser schrecklichen Erkenntnis sogar geweint.

Auf jeden Fall war ich so sehr mit meinem Abschiedsschmerz beschäftigt, daß mir entging, wie die Tür geöffnet wurde. Erst als ich die fremde, rauhe Stimme vernahm, fuhr ich auf.

„Pssst!"

Die Stimme gehörte Gregor Starost. Er hielt warnend den Finger vor den Mund. Sein Blick streifte das Messer in meiner Hand.

„Das brauchen Sie jetzt nicht", sagte er. „Ich werde Sie führen. Folgen Sie mir. Leise!"

Ich blickte auf die offene Tür. Nur wenige Schritte weiter tobte das Gelage. Malus lärmte am meisten. Mit weichen Knien erhob ich mich. Ich blieb voller Mißtrauen.

„Wo bleibt Raffael?"

Gregor Starost machte eine beruhigende Geste.

„Er ist schon an Bord und macht sich mit dem fremden Cockpit vertraut. Ich bringe Sie zu ihm. Beeilen Sie sich! Malus hat soeben angekündigt, daß er sich zurückzieht in sein warmes Nest."

Ich zögerte.

„Er wird Sie töten, wenn Sie mir helfen."

Der Alte schüttelte den Kopf.

„Ich komme mit Ihnen. Das ist meine Bedingung."

Er ging voraus, mit altersschwachen, unsicheren Beinen. Ich tappte hinter ihm her. Zielstrebig führte er mich durch allerlei schlauchenge Gänge und über spiralförmige Treppen. Der Weg durch die Station kam mir endlos vor. Aber der alte Starost kannte sich aus. Vor einem verschraubten Lukendeckel hielt er an.

„Wir gehen durch den Notausstieg. Das Schiff sollte jetzt klar sein für den Start. Aber Vorsicht! Es könnte sein, daß draußen Wachen postiert sind. Halten Sie sich nicht auf. Laufen Sie direkt zur Gangway und steigen Sie ein! Ich komme nach."

Der Lukendeckel schwang auf. Am anderen Ende der Plattform sah ich das graue Schiff mit der verschrammten Verglasung. Der Alte stieß mich an.

„Jetzt!" zischte er. „Laufen Sie!"

Und ich rannte los. Seine Schritte trampelten schwerfällig hinter mir her. Ich sah mich nach ihm um.

„Schneller!" befahl er. „Schneller!"

Ich rannte wie noch nie in meinem Leben, und er blieb immer mehr zurück.

Und plötzlich heulte eine Sirene.

Mit letzter Kraft erreichte ich die Gangway und stolperte die Stufen hinauf. Raffael stand im Einstieg. Seine Hand zerrte mich über das Süll.

Ich drehte mich um und sah, wie der Alte auf halber Höhe plötzlich strauchelte und, während immer neue bleiche Geisterfinger nach ihm griffen, die Stufen der Gangway hinabrollte.

„Gregor!"

„Dem ist nicht zu helfen!" Raffael verriegelte den Einstieg. „Wir verschwinden!"

Auf der Plattform hatte inzwischen Malus selbst das Kommando übernommen. Dem zuckenden Bündel, das der alte Mann nunmehr war, versetzte er zunächst einen Fußtritt - und dann, wie um ihm den Rest zu geben, hob er den Arm mit der Peitsche.

Und ich schrie auf.

„Er hätte sich beeilen sollen", sagte Raffael ungerührt. „Das kommt davon, wenn man zu alt wird."

Im Moment des Abhebens sah ich gerade noch, wie Malus, ohne zugeschlagen zu haben, die Peitsche sinken ließ, als wäre er zu einer besseren Entscheidung gekommen: Zwei von den roten Overalls sprangen hinzu und trugen das zuckende Bündel fort.

*

Raffael wandte sich mir zu.

„Malus wird toben. Soll er."

Ich sah zurück. ISS 113 war schon außer Sicht. Danach blickte ich wieder nach vorn - dorthin, wo es nichts zu sehen gab.

„Er wird uns verfolgen."

Raffael saß vor dem Computer.

„Es gibt einen Ort, wo er uns nicht vermuten wird", gab er ruhig zurück. „Das Domizil seiner schönen kleinen Schwester - Tamaras Eremitage. Und die ist gerade in seinem Auftrag unterwegs - in geheimer Mission." Raffael lächelte vieldeutig. „Wir werden ungestört sein."

151

Der Blick, den er über meine Gestalt wandern ließ, sagte noch mehr.

In seinen Augen lag ein seltsamer Glanz.

*

12

„Rühren Sie mich nicht an!"

Die Melodie der Stimme kreiste mir im Blut. Ihr Echo zog durch meine wirren Träume. Ihr Hall war die Sprache meiner namenlosen Sehnsucht, die mich nie ganz verließ.

Die Stimme kannte ich.

Sie war der Magnet, der mich an sich riß, ob ich nun wollte oder nicht. Ich erkannte sie und war bereits in Bewegung. Und während ich die Gangway hinabstürmte, hörte ich meinen eigenen machtvollen Aufschrei der Erlösung:

„Ruth!"

Hinter mir gellte Tamaras beschwörende Stimme. Ich hielt nicht an. Ich wandte mich nicht um. Was immer Tamara mir zu sagen hatte, zählte nicht, ging mich nichts an. Das war vorbei. Tamara selbst zählte nicht mehr. Auch sie war vorbei. Über den grünen Teppich einer imitierten Frühlingswiese trugen meine Füße mich zu Ruth.

Ihre Stimme war aus der getarnten Festung gekommen, dem einzigen erhaltenen Bauwerk weit und breit, das Tamara zu unserem Heim bestimmt hatte, und dorthin lenkte ich ohne langes Überlegen meine Schritte.

Tamara schrie immer gellender. Hörte ich Verzweiflung in ihrer Stimme?

„Mark! Mark, warte auf mich!"

Aber was immer Tamara auch rief und flehte - es hatte diesmal keine Macht über mich.

Der Magnet hatte die Macht übernommen.

Nur er, diese andere Stimme, zählte.

Ruth.

Die Festungsschleuse klaffte als glimmender Schlund. Ich überquerte die Brücke, die sich mit elegantem Schwung über das stille, leuchtende Wasser des Kanals spannte, und stürmte in die Halle.

Auf den ersten Blick erfaßte ich den tödlichen Ernst der Situation. Und ich wußte, daß ich ihr gegenübertreten würde ohne Waffe, mit nackten Händen. Was ich gegen den roten Overall einzusetzen hatte, das Moment der Überraschung, war wenig genug. Aber ich durfte nicht zögern.

Ruth wehrte sich mit letzter Kraft.

Die Spuren des Kampfes waren eindeutig, sowohl der über der Brust aufgerissene Overall, als auch das blinkende Messer in ihrer Hand, mit dem sie sich zur Wehr setzte.

Für den großen, schlanken Malusiten war das Messer ein Anlaß zur Erheiterung. Lachend schlug er es Ruth aus der Hand. Seine andere Hand schoß vor und entblößte mit spielerischer Leichtigkeit Ruths Oberkörper.

„Du bist schön. Du bist wunderschön. Und es höchste Zeit, daß du es erfährst." Eine sanfte Stimme von überraschendem Wohlklang, voll von aufrichtiger Bewunderung. „Hab doch Vertrauen. Ich bin nicht wie Malus. Ich liebe dich wirklich. Und du - du liebst mich doch auch. Oder weshalb bist du sonst mit mir gekommen?"

Auch die knappen, geschmeidigen Bewegungen der Hüften, mit denen dieser ungewöhnliche Malusit Ruth vor sich her trieb, während er seine Blicke nicht von ihren nackten Brüsten wandte, blieben sanft - so sanft und geschmeidig und unerbittlich wie edler Stahl.

„Ich werde dir nicht wehtun, glaub es mir. Ich will dich nur berühren dürfen. Komm, schmieg dich an mich, und alles wird gut!"

Wohllaut und die unverkennbare Aufrichtigkeit der Werbung machten mich zögern. Dieser Malusit schlug aus der Art. Und daß er Ruth begehrte - war das nicht zu verständlich?

Gerade wollte ich ihn ansprechen, als er mich bemerkte - und damit wich die Sanftheit aus dem Stahl. Da war nur noch die blitzschnelle Geschmeidigkeit, mit der seine rechte Hand urplötzlich eine stumpfnäsige Waffe entblößte. Die andere Hand stieß Ruth von sich. Ich sah noch, wie Ruths Knie weich wurden, dann beherrschte die pulsierende Mündung der fremdartigen Waffe mein Blickfeld. Sie zielte direkt auf meine Brust.

Ich setzte an zum Sprung und wußte doch, daß der Kampf bereits entschieden war. Ich war zu langsam. In diesem Duell auf Leben und Tod, in das ich so urplötzlich verwickelt war, stand der Sieger schon fest. Ich sah, wie die Lippen des Malusiten schmal wurden, als er mit der Waffe Maß nahm.

„Nein! Raffael, nein!"

Eine kehlige Stimme. Tamara hatte mich eingeholt und war neben mir.

Ihre Schulter prallte gegen meine und warf mich aus der Bahn.

Und der Kerl im roten Overall drückte ab.

Was danach geschah, erlebte ich gleichsam doppelt: Einmal erlebte ich es direkt, unmittelbar und hautnah, und zum anderen erlebte ich es mit der kalten, unpersönlichen Nüchternheit eines außenstehenden Beobachters.

Die Wahrnehmungen waren gleichsam erstarrt. Nur unendlich langsam lösten sie sich auf und zerfielen in einzelne Bilder.

Da war die Waffe - und da war auch das prasselnde Geräusch, mit dem sie sich entlud.

Und dann war da der Schock, als sich die Erkenntnis einstellte, daß ich nicht tot war.

Daran schloß sich die Frage an, weshalb sich mein rechtes Bein nicht bewegen ließ.

Ich versuchte es nochmal, und dann noch einmal, unter Aufbietung aller Kräfte wieder und immer wieder. Nichts half. Das Bein ließ sich nicht bewegen. Das Bein klebte am falschen Marmor fest.

Und dann hörte ich es: Das Bein seufzte.

Mein Blick wanderte abwärts.

Tamara war gestürzt. An meinem Bein hielt sie sich fest, als sie nun versuchte, sich wieder aufzurichten.

*

Dies war der Augenblick, in dem der Malusit, den Tamara soeben Raffael genannt hatte, mich hätte abschießen können wie eine Ente auf dem Teich. In meiner Unbeweglichkeit war ich ihm schutzlos ausgeliefert. Aber er nutzte die Situation nicht aus.

Schlagartig begriff ich, weshalb er das nicht tat. Mit bleich gewordenem

Gesicht hatte er die mörderische Waffe sinken lassen. In seinen weit aufgerissenen Augen stand fassungsloses Entsetzen, als er stammelte:

„Tamara, das habe ich nicht gewollt! Dir ist doch nichts geschehen?"

Tamara hörte auf, sich an mein Bein zu klammern, und ihr Oberkörper kippte auf den falschen Marmor.

Raffaels Lippen bebten.

„Tamara, du wirst doch für mich aussagen: Es war ein Unfall. Ich habe es nicht gewollt. Dir wird Seine Schlechtigkeit glauben. Tamara, bitte..."

Tamaras Antwort bestand aus einem klagenden Laut. Mit kalkweißem Gesicht lag sie ausgestreckt in einer Blutlache, die sich rasch nach allen Seiten hin ausbreitete. Mein Blick suchte die Wunde und fand sie nicht. Das Blut rann aus den Poren.

„Du wirst doch für mich aussagen? Du mußt, Tamara! Oder ich bin verloren."

Mein Bein war frei. Ich spannte die Muskeln und schnellte vorwärts.

Ich sprang ins Leere. Raffael war nicht mehr auf seinem Platz. Er hatte sich herumgeworfen und befand sich auf der Flucht ins Freie. Bevor ich ihm nachsetzen konnte, hielt mich Tamaras Stimme zurück.

„Laß ihn! Er kommt nicht weit. Hör doch!"

Nun erst wurde mir die Bedeutung dessen klar, was mein Unterbewußtsein längst wahrgenommen hatte, dieses Geräusch, das so unverkennbar war. In der Luft lag, laut und mißtönend, ein Schwirren wie von einer verstimmten Violinsaite. Mein Blick richtete sich auf das Oberlicht. Über dem Gelände schwebte ein mir wohlbekannter riesiger roter Raumkreuzer.

Mein Blick wanderte zurück zu Tamara und erhaschte die schwache Handbewegung, mit der sich mich zu sich herabwinkte.

„Mark -"

Ich kniete mich neben sie, und ihr Arm schlang sich um meinen Nacken, als müßte sie verhindern, noch weiter und noch tiefer abzustürzen.

„Überlaß es meinem Bruder, mit ihm abzurechnen. Bitte..."

Ich nickte stumm. Sprechen konnte ich nicht.

Ihre Lippen bewegten sich wieder.

„Ich muß dir etwas sagen, Mark. Es ist wichtig. Du weißt jetzt, wer ich bin. Aber... Hör zu, Mark, hör zu! Es stimmt: Anfangs warst du nur ein Auftrag für mich, der nützliche Idiot, der meinem Bruder der Weg zur Erde weisen sollte. Ich habe dich benutzt..."

Sie brach ab und atmete schwer. Noch einmal sammelte sie Kraft.

„Aber dann ist es anders gekommen. Ich habe getan, was ich nicht tun durfte, und dafür bezahle ich jetzt. Ich vergaß die Erde, ich verriet meinen Auftrag, ich verriet meinen Bruder. Mark, ich habe dich gewollt. Du hast es nicht geahnt. Danach hast du mich benutzt und dabei immer auf etwas gewartet.

Heute begreife ich es: Du hast dich gesehnt nach der Zeit. Warte..."
Ihre freie Hand suchte in ihrem Ausschnitt und zog den vermißten wildledernen Beutel hervor.

„Mich hat sie getötet, die Zeit. Dich aber wird sie führen, denn, auch wenn du es selbst vielleicht noch nicht begreifst, du bist aus ihrem Stoff gemacht. Sie wird dir nichts anhaben könne, sofern du die kosmische Gleichung kennst. Ich sage sie dir. Hör zu! Hör gut zu!"

Die Stimme wurde schwächer. Ich beugte mich tiefer.

„Hör zu, Mark, und tu, was ich dir sage! Du wirst Malus gewachsen sein! Seine Stärke lebt von der Furcht der anderen. Im Kern ist er ein Feigling. Ein Schwächling mit einer Peitsche... Mark, achte nicht auf die Peitsche in seiner Hand - sieh ihm in die Augen!"

Die letzten Sätze waren kaum zu verstehen gewesen. Es ging zu Ende. Noch einmal schlug Tamara ihre rätselhaften dunklen Augen zu mir auf.

„Die Gleichung, Mark... die kosmische Gleichung, das Maß aller Ding... Sie lautet..."

Tamara zerfiel unter meinen Blicken.

Ich drehte den Kopf, und sie sprach mir direkt ins Ohr.

„Alles ist nichts..."

Ich preßte ihre kalte Hand.

„Tamara, bitte, sprich weiter!"

Um ihre ausgebluteten Lippen schwebte ein Lächeln, als sie ihren Lehrsatz zu Ende sprach:
„...und nichts ist alles."

Das Lächeln schwebte noch um ihre Lippen, als ihr Kopf auf die Seite sank. Ein letzter Hauch noch: „Schade..." Dann war es vorbei.

„Mark, weine, wenn dir danach ist! Ich weine ja auch."

Ruth mußte irgendwann zu sich gekommen sein. Denn nun kniete sie neben mir. Und dann sagte sie:

„Sie hat etwas gesucht, wie wir alle."

Und ich gab zurück:

„Aber in einer Kleinigkeit hat sie sich geirrt. Worauf ich gewartet habe, war nie die Zeit. Du bist es gewesen, Ruth, du! Jetzt, da ich es ausspreche, wird es mir klar."

Draußen war es still geworden, Malus' rotes Schlachtschiff hatte aufgesetzt. Ich zerrte Ruth in die Höhe.

„Wir müssen uns etwas einfallen lassen."

Doch es war bereits zu spät.

Die Malusiten waren ausgeschwärmt, und innerhalb der Absperrung zickzackte ein feuerroter Hase verzweifelt hin und her. Raffael suchte nach einer Lücke im Netz.

*

Für den doppelten Verräter gab es kein Entkommen, und als er das begriff, fiel er vor Malus auf die Knie.

Aber auch Ruth und ich saßen in der Falle. An Flucht war nicht zu denken. Und so starrten wir wie gebannt auf das grausige Geschehen auf dem anderen Ufer des Kanals mit seiner unbeweglichen leuchtenden Flut.

Was dort gesprochen wurde, war für uns klar und deutlich zu hören - sowohl Raffaels erbärmliches Winseln um Gnade, als auch das scheppernde Gebrüll, das ihn verfluchte und verhöhnte.

„Du hast wohl gedacht, dieser Gregor Starost kann nicht mehr reden. Nun" - die Peitsche fuhr plötzlich senkrecht in die Höhe, drohendes Symbol des angebeteten Schlechten - „damit habe ich ihn noch einmal zum Reden gebracht."

Die Peitsche senkte sich und wand sich als zischende Schlange langsam auf Raffael zu.

„Und jetzt sprichst du, Raffael! Wo ist mein Prinzesschen?"

Raffael würgte eine konfuse Antwort. Aber die Geste, die er dabei machte, war eine exakte Beschreibung.

Malus setzte das grausame Verhör fort.

„Ist sie allein?"

Raffael schüttelte den Kopf.

„Wer ist bei ihr? Sprich!"

Die Schlange hob ihr züngelndes Haupt.

„Der... der Kosmone."

Die Schlange stach blitzschnell zu. Raffael gab einen gequälten Schrei von sich und wand sich in Krämpfen. Der Mülleimer schickte sein schauriges Gelächter über den Platz.

„Du wirst noch darum betteln, endlich sterben zu dürfen. Das ist nur ein Vorgeschmack dessen, was dich erwartet."

Malus bellte einen knappen Befehl, und sein abtrünniger Vertrauter wurde ergriffen und zum roten Schlachtschiff geschleift.

Malus wandte sich der Brücke über den Kanal zu.

„Und jetzt", hörte ich ihn verkünden, „erledige ich den Rest!"

Ruth preßte meine Hand. Noch nie waren wir einander so nah gewesen.

„Wir werden es durchstehen müssen", sagte ich, „so oder so. Sieh!"

Malus stand auf der Brücke und hinderte seine Horde daran, ihm in die Schleuse zu folgen.

„Den Rest", verkündete er nochmals, „erledige ich eigenhändig. Bleibt draußen, mischt euch nicht ein, aber seht genau hin. Ich werde euch das Lehrstück einer Hinrichtung bieten, von dem selbst der Teufel noch profitieren kann."

„Wenigstens", raunte ich Ruth zu, „haben wir's jetzt nur mit ihm zu tun."

„Aber er ist der Schlimmste", flüsterte sie zurück. „Ich kenne ihn. Er ist das

Böse in Person. Mark, ich habe Angst."

Und dann kam er, und sein Schatten eilte riesig vor ihm her. Das Gegenlicht umgab seinen brandroten Overall mit einer Aura züngelnder Flammen. Er kam gemächlich, aber ohne zu zögern. Mit jedem Schritt ließ er uns seine schreckliche Überlegenheit spüren.

Plötzlich entdeckte er Tamara, und für einen Augenblick geriet er aus der Fassung.

„Wer hat das getan?" bellte er.

Ruth antwortete.

„Raffael hat sie getötet, als sie Mark das Leben rettete."

Er nickte.

„Raffael wird dafür bezahlen."

Er kam näher, langsam, mit der Zielstrebigkeit des erfahrenen Henkers.

„Aber ihr auch."

Mit jedem Schritt machte er deutlich, daß es für ihn keinen Grund zur Eile gab. Das Urteil war gesprochen, er brauchte es nur noch zu vollstrecken - auf seine besondere Weise.

Der Leichnam lag ihm im Weg, und er hob das Bein und stieg darüber hinweg. Ich drückte Ruth in die nächstbeste Nische. Nun lag alles an mir. Ich hielt mich bereit.

Er sah es und öffnete den Mund zum neuerlichen scheppernden Gelächter. Die Peitsche fuhr hoch und glich plötzlich einer fauchenden Heerschar aus angreifenden Schlangen. Und diese schienen überall zugleich zu sein - eine züngelnde, funkenspeiende Übermacht. Ich wich zurück, und die Schlangen folgten mir und trieben mich vor sich her, kreisten mich ein - enger und immer enger. Auswegslos.

Und die ganz Zeit über gellte in meinen Ohren dieses eklige, höhnische Gelächter. Es steigerte sich zu einem triumphierenden Aufheulen, als die Peitsche mich streifte. Die Berührung lähmte mich. Ich bestand nur noch aus Schmerz, von Kopf bis Fuß. Mein Gehirn schien zu sieden.

Malus kostete meine Hilflosigkeit aus. Wie eine Katze, die mit der Maus spielt, ließ er eine von seinen Schlangen fauchend und fintenschlagend über den falschen Marmor auf mich zukriechen. Ich war verloren.

In meiner Verzweiflung dachte ich weniger an mich als an Ruth. Und an das, war ihr nunmehr bevorstand. Ich rief eine mir unbekannte Macht um Hilfe an. Bitte, gib mir Kraft!

Und da geschah es, urplötzlich!

Ein fernes Echo erreichte mich - das Echo einer Stimme, die selbst bereits verstummt war. Tamaras Stimme... Und die Versuchung, einfach aufzugeben, war überwunden. Auf einmal wußte ich wieder, was ich zu tun hatte. Ich mußte dem Bösen ins Angesicht blicken. So löste ich den Blick von der kriechenden Schlange und richtete ihn auf die schlammigen Augen meines hohnlachenden Peinigers.

Und damit begann ein Wunder. Malus zuckte zusammen, wurde bleich; er versuchte, meinem Blick auszuweichen. Es gelang ihm nicht. Mein Blick hielt ihn gefangen, und zu meinem Erstaunen überwand ich damit meine eigene Angst. Von Sekunde zu Sekunde wurde ich stärker. Das Hohngelächter verröchelte als verlegenes Hüsteln.

Was da mit ihm geschah - er wollte es nicht glauben. Noch einmal versuchte er, sich zu alter Größe und Schrecklichkeit aufzurichten. Seine Lippen zischten einen Fluch, und die Schlange kam wieder auf mich zugekrochen. Doch mein Blick galt nicht mehr ihr. Ich ließ Malus nicht aus den Augen. Mir entging nicht: Seine Bewegungen waren nun fahrig und unkonzentriert, und das brachte ihn in Rage.

„Ich peitsche dir die Augen aus dem Gesicht ... du!"

Das blieb seine letzte Drohung, denn zum neuerlichen Angriff machte er einen halben Schritt zur Seite - und dabei glitt er in der Blutlache aus.

Fast war der Anblick, den er plötzlich bot, lächerlich zu nennen, wie er da in seiner ganzen Schrecklichkeit mit beiden Armen in der Luft ruderte und dabei die Peitsche verlor, bevor er krachend auf den Rücken fiel.

Doch die Gefahr war nicht gebannt.

Draußen ließ sich ein wilder Heulton der Entrüstung vernehmen. Malus' Anhängerschaft schien nicht fassen zu können, was sie erlebte; die Niederlage ihres Oberteufels erschütterte ihr Weltbild. Noch verharrte die Meute im Zustand der Unschlüssigkeit, doch im Handumdrehen konnte sie sich in einen rasenden Mob verwandeln. Die endgültige Entscheidung stand immer noch aus.

Und dann fiel sie. Malus selbst führte sie herbei.

Wutschnaubend setzte er sich auf. Der nackte Haß in seinem Blick ließ mir keine Wahl. Ich erwiderte Brutalität mit Brutalität: Ich rammte ihm das Knie unter das Kinn und warf ihn in die Rückenlage zurück. Und zugleich hatte Ruth sich blitzschnell gebückt und sich des Szepters des Bösen bemächtigt: der herrenlos gewordenen Peitsche.

Das gab den Ausschlag. Vor der Schleuse waren Pfiffe zu hören und danach ein Aufschrei, der ein rasches Echo fand:

„Der ist erledigt! Soll selber sehen, wie er klarkommt! Wir hauen ab!"

Es war kaum zu fassen: In blinder Panik strebte Malus' wüste Horde dem sicheren Schiff zu, ohne sich noch einmal umzusehen. Malus hatte seine Macht verloren.

Ruth hielt die Peitsche erhoben, aber sie benutzte sie nicht. Erst als Malus sich wieder hochstemmte, benommen und mit glasigen Augen, führte sie sie ihm vor. Wie würde er auf seine Niederlage reagieren? Würde er drohen, würde er versuchen, sich loszukaufen? Ich war auf alles gefaßt - nur nicht darauf, was nun geschah. Wir standen einander gegenüber, und zwischen uns wand sich fauchend die entfesselte Schlange.

Allmählich begriff er, was geschehen war. Seine ganze Schrecklichkeit war dahin. Ein Zittern erfaßte seinen Unterkiefer, seine Zähne schlugen aufeinander. Das Zittern sprang über auf die ganze Gestalt.

Es war nicht zu glauben. Der schreckliche Malus schlotterte.

Ich verharrte, auf alles gefaßt - nur nicht darauf, was geschah.

Malus gab auf. Wortlos drehte er sich um und humpelte davon.

*

Ich sah ihm nach, auf seinem würdelosen Rückzug, und wagte nicht, an unseren Sieg zu glauben, bis schließlich Ruths Stimme Gewißheit schuf:

„Die Bande verdrückt sich und läßt ihn im Stich!"

So war es. Malus strebte seinem Schiff zu, in das sich seine Horde schon zurückgezogen hatte, und ich konnte sehen, wie er einsam und unbeholfen die Gangway hinaufklomm, während bereits das Triebwerk seinen mißtönenden Geigenton anstimmte. Die Verriegelung des Einstieges begann sich zu senken, und Malus bückte sich, um sich durch die sich rasch verengende Öffnung zu winden.

Nur sein rechter Arm schaffte es.

Dann fuhr unter ihm die Gangway ein, und das rote Schlachtschiff hob ab, und Malus hing mit schlagenden Beinen daran fest wie der Fisch am Haken.

Ruth fuhr sich über die Augen.

„Schrecklich!" sagte sie. „Fehlt nur, daß ich jetzt heule."

Sie hatte die Peitsche fortgeworfen und lag in meinen Armen, und ich las in ihren Augen die Erleichterung und die Bereitschaft zu einem neuen Glück. Aber noch etwas anderes war plötzlich zu sehen in dem herrlichen Seegrün, eine Spiegelung. Langsam, um sie nicht zu verscheuchen, ließ ich die Arme sinken und drehte mich um. Dann sagte ich:

„Ruth, sieh dir das an!"

Und Ruth hob den Kopf und sah es nun auch. Sie sah das Sternbild, das wie ein geflügelter Engel über dem Horizont emporstieg und sein Zeichen in die große Leere setzte.

*

13.

Nie hätte ich mir träumen lassen, daß auf die große Wüstenei, der ich samt Cosmopol den Rücken gekehrt hatte, ein solches Übermaß an Fülle folgen könnte. Seitdem die SCOUT den Kunstplaneten Eremitage verlassen hatte und eingetaucht war in den schier unerschöpflichen Reichtum des Universums, verließen wir das Cockpit nur in dringenden Notfällen, um ja nichts zu verpassen von der Vielfalt der Zeichen und Bilder.

Und nach diesen Zeichen und Bildern, je nachdem, wie sie uns gefielen, steckten wir unsere Kurse ab. Man kann auch sagen: Wir hangelten uns wie der Affe von Ast zu Ast. Manchmal flogen wir aber auch nach Gehör und richteten uns nach der Lautstärke, mit der die Uhr des Großmeisters tickte.

Bei allem Hin und Her blieb es bei der Suche nach der Nadel im Heuhaufen.

Einige der Himmelskörper besahen wir uns aus der Nähe, aber das eine wie das andere Mal bestand unser Urteil aus einem Kopfschütteln oder einem Achselzucken, und die SCOUT drehte wieder ab, um auf neuen Kurs zu gehen.

Nach wie vor fehlte uns jeglicher Anhaltspunkt, und das Ticken der Uhr machte lediglich deutlich, daß uns nunmehr die Zeit im Nacken saß.

Ich entsinne mich, wie Ruth, nachdem sie einmal in ihrem Sessel neben mir eingenickt war, plötzlich auffuhr und mit schlaftrunkener Stimme verkündete: „Blau!"

In meiner Meditation gestört, erkundigte ich mich nicht eben freundlich:

„Was soll das heißen: Blau?"

Ruth war auf einmal hellwach.

„Habe ich das gesagt? Blau?"

„Du hast Blau gesagt. Nur das. Nur das eine Wort."

Sie dachte angestrengt nach.

„Irgendwie muß das zusammenhängen mit dem, was ich gerade geträumt habe. Aber wußtest du, daß in meinem Fachgebiet die Erde belegt war mit der Farbe Blau. Der blaue Planet. Keiner konnte mir erklären, warum und wieso."

Seitdem hielten wir Ausschau nach der Farbe Blau.

Ein ganzes Spektrum an Farben zog vorüber: Gelb, Rot, Kupfer, Braun in allen Schattierungen, auch Schwarz. Blau war nicht dabei.

Einmal, bei einer Annäherung, gerieten wir in ernsthafte Schwierigkeiten. Wir hielten auf einen Himmelskörper zu, der sich sowohl durch Größe als auch Leuchtkraft stark von seiner Umgebung abhob. Aus der Aura, die ihn umgab, lösten sich in unregelmäßigen Abständen ganze Flammenbündel und zogen durch den Raum, bis sie erloschen oder außer Sicht gerieten. Ich fühlte mich erinnert an die Geburt jenes Sterns, dem Doktor Saul den Namen Janus gegeben hatte. Als die Leuchtkraft unerträglich wurde, verdunkelten wir die Scheiben - aber das änderte nichts an dem Umstand, daß die Temperatur im Schiff stetig stieg, bis Ruth mich vor die unerbittliche Wahl stellte:

„Mark, wir sollten uns entscheiden, ob wir im eigenen Saft gesotten werden sollen oder abdrehen."

„Das ist leichter gesagt als getan", gab ich zurück. „Das Miststück hält uns fest wie der Krake sein Opfer."

Als es mir dann nach zähem Kampf und unter Aufbietung aller mir zur Verfügung stehenden technischen und navigatorischen Mittel gelang, die SCOUT aus der Gefahrenzone zu ziehen, war ich ungeachtet der rapide gefallenen Temperatur nach wie vor in Schweiß gebadet.

Danach muß ich wohl ziemlich lange geschlafen haben. In der Zeitlosigkeit hatte es dafür kein Maß gegeben, und an das Leben in der Zeit mußte ich mich erst noch gewöhnen. Ruth weckte mich. Sie rüttelte mich so lange, bis ich die Augen aufschlug.

„Was zum Teufel ist denn los? Laß mich schlafen!"

Ruth rüttelte mich weiter.

„Blau, Mark! Blau!"

Ich stürzte ins Cockpit. Und dort gingen mir die Augen über. Der Planet, an dem wir um ein Haar vorbeigeflogen wären, lag auf dem schwarzen Samt des Universums als ein funkelnder blauer Edelstein. Ruths Stimme vibrierte vor Aufregung.

„Erst habe ich gedacht, ich träume. Dann bin ich losgerannt, um dich zu wecken."

Tränen des Glücks schimmerten in ihren Augen, als sie feststellte:

„Der blaue Planet, Mark! Mark, wir haben die Erde gefunden."

Ich schluckte, bevor ich hervorbrachte. „Und eben noch hätte ich wetten mögen, wir finden sie nie."

*

Die SCOUT befand sich im Landeanflug. Ich saß hinter dem Pult. Ruth schob mir die Folie mit ihrer Berechnung zu, damit ich die Werte für eine automatische Landung in den Computer eingeben sollte, aber ich hatte für ihre Zahlen weder eine Hand noch einen Blick frei. Der Anblick, der sich uns bot, war überwältigend.

Von Horizont zu Horizont wölbte sich im kristallkaren Licht einer großen Sonne eine Fläche aus flüssigem Saphir, und während diese näher und näher rückte, begann sich mitten darin ein weißer Schaumkranz zu bilden, der eine grüne Insel mit abwechslungsreicher Bebauung umschloß.

Etwas Unbegreifliches ging in mir vor. Ich spürte, wie aus irgendwelchen geheimnisvollen Tiefen meines Wesens ein dämmerndes Wiedererkennen stieg. Ein vages Erinnern. Und dieses Erinnern beherrschte meine Handgriffe, als ich die SCOUT ohne alle Computerhilfe, als hätte ich das schon tausendmal geübt, auf ein weißes Landekreuz einschwenken ließ.

Auf einmal hatte ich das Bedürfnis, mich mitzuteilen. „Seltsam", sagte ich, „mir ist, als ob ich das alles bereits kenne. Sicher bilde ich mir das nur ein, aber trotzdem... Und noch etwas. Aber das behalte ich wohl besser für mich."

Ruth legte ihre Hand auf meinen Arm.

„Sag es, Mark. Bitte!"

„Auch das ist nur ein Gefühl, jenseits aller Vernunft, ähnlich dem anderen. Ruth, mir ist, als hätte es uns hier schon einmal gegeben, als hätten wir hier schon einmal gelebt - zusammen, du und ich."

Ihre Blicke streichelten mein Gesicht.

„So wird es gewesen sein, Mark", gab sie zurück, und kein Schatten eines Zweifels war da. „Ich empfinde das Gleiche. Also, setz auf!"

Auf einmal zögerte ich. Waren wir uns der Tragweite einer Landung bewußt? Hatten wir uns klar gemacht, was wir damit aufgaben - unwiderruflich? Noch lag es in meiner Hand, die Berührung mit der Zeit abzubrechen und die SCOUT dorthin zurückzuführen, wo die kreisenden Zeiger keine Macht über uns besaßen.

Auf der Rampe war Bewegung zu erkennen. Der Platz wurde für den Neuankömmling geräumt. Ruth ließ plötzlich das Glas sinken.

„Wie lange, Mark, werden wir bleiben?"

Geduldig wartete sie, bis ich die Schultern hob.

„Hab noch nicht darüber nachgedacht. Du?"

Und dann war ich nicht einmal überrascht, als ich ihre Entscheidung vernahm.

„Das ist sehr einfach, Mark. Wenn es nach mir geht - ein Leben lang."

Mit einem letzten halbherzigen Versuch, Kosmone und Realist zu bleiben, hielt ich ihr entgegen: „In deiner Rechnung, Ruth, fehlt nur ein Faktor, der wichtigste. Es fehlt der Faktor Vergänglichkeit."

Ihr Gesicht blieb mir zugewandt, und ich sah tief hinein in die seegrünen Augen und erkannte auf ihrem Grund den feierlichen Ernst, mit dem sie ihren Gedanken zu Ende führte: „Mark, nimm diesen Faktor an als die Blüte, die ich dir schenke. Ich liebe dich, Mark." Und sofort darauf, ohne Übergang, war Ruth die Ungeduld in Person. „Also, worauf wartest du noch? Setz die verdammte Kiste endlich auf!"

*

Die Reihe wird fortgesetzt.